T. B. Persson (Hrsg.)

AM SAUM DER WELTEN

15 Grenzgänge in die Phantastik

1. Auflage

© 2024 T. B. Persson

Die Rechte an den Texten liegen bei den Urheber*innen:
Jules B. Asches, Chris Balz, Jassi Etter, Alex M. Gastel,
Björn Helbig, Nicole Hobusch, Dennis Hübel, Anke Laufer,
T. B. Persson, Juli Regen, Lena Richter, Daniel Schlegel,
Michael Schwendinger, Bjela Schwenk, T. N. Weiß

Coverillustration: Christina Zhu, www.christinazhu.de
Lektorat, Satz & Layout: Carsten Moll, www.carstenmoll.com

Dieses Buch wurde größtenteils in Chaparral Pro gesetzt, einer
Schriftart die von der Designerin Carol Twombly entworfen
wurde. Twombly hat eine Vielzahl von Schriftarten entwickelt und
war die erste Frau, die den renommierten Prix Charles Peignot
erhalten hat.

Druck und Distribution im Auftrag der Autoren:
tredition GmbH, Heinz-Beusen-Stieg 5, 22926 Ahrensburg,
Deutschland

ISBN Softcover: 978-3-384-08322-7
ISBN E-Book: 978-3-384-08323-4

T. B. Persson (Hrsg.)

Am Saum der Welten
15 Grenzgänge in die Phantastik

Inhalt

Schilfwanderung

DANIEL SCHLEGEL

SIE HÄTTEN IHR LAGER im Schatten des Schilfs aufgeschlagen, hatte meine Schwester erzählt. In ihren seltsamen Kleidern und mit verhärmten Gesichtern mehr wie Reisende denn wie Sammler wirkend. Exotisch, meinte sie. Woher sie kamen? Das wusste sie nicht. Vielleicht aus dem Schilf selbst?

Am nächsten Morgen gingen wir hinüber; direkt nach den Lehrstunden, ohne unseren Eltern Bescheid zu geben. Das Schilf war uns verboten. Maurice versuchte, es uns auszureden; keine Wolke stehe am Himmel. Dennoch kam er mit.

Die Straßen der Stadt waren gepflastert, außerhalb der Mauern erstickten sie unter grünem Sand. Wir folgten der langen Linie aus gläsernen Laternen, dem Roten Grat, der ein Netz zwischen den Ortschaften spannte. Das Land glich einem kristallisierten Meer, wellig, von Dünen durchzogen. Über den Dörfern thronten Fesselballons. An ihren Seiten hingen Papierlaternen, die unentwegt brannten. Ein Schirm aus Licht, der über uns glühte: die Sichtblende.

Das Schilf sahen wir bereits aus weiter Ferne. Maurice bekam es mit der Angst zu tun: Der wolkenlose Himmel sorge ihn, er wolle heim. Meine Schwester redete ihm zu, also blieb er.

Am Wegesrand hockte ein Vogelschwarm – einige Vögel umtänzelten mehrere apathische Artgenossen, die ihren Kopf gen Himmel gerichtet hatten. In ihrem schwarzen Gefieder hatte sich ein öliger Schimmer eingenistet; in den großen dunklen Augen flackerten Funken, ein Lichtermeer spiegelnd, das niemand sah. Maurice bemerkte die Vögel nicht und ich verschwieg es.

Eine Gruppe Händler kam uns entgegen. Zwei Elefanten trugen Früchte und Wasserfässer für den Markt, ihnen voran ging ein Mann, der mit flinken Besenschlägen eine Schneise in den grünen Sand hieb. Man beachtete uns kaum, grüßte lediglich und schlug das Zeichen der Halbsonne, die Augen dabei stets gesenkt.

Eine Frau schien unser Vorhaben zu erahnen – wir sähen aus wie Abenteurer, meinte sie; ihr besorgtes Lächeln offenbarte eine breite Zahnlücke. Wir sollten die Straße nicht verlassen, abseits des Weges leuchte es. Wir bedankten uns für die Warnung und verließen wenig später den Pfad.

Querfeldein über die Ebene, über die sanften Hügel. Hinter uns hing die Sonne am Firmament und verkündete den angebrochenen Nachmittag. Der Himmel dünnte aus, zerfaserte; entblößt von dem blauen Schleier schauten kosmische Augen auf uns herab – am helllichten Tag.

Hier, nahe des Schilfs, passte vieles nicht mehr.

Zwischen den Sternen zeichneten sich Silhouetten ab. Wie ein dunkles Flimmern inmitten Tausender Lichter, ein kosmischer Schatten in eiskalter Leere. Wie das Flackern in den Augen der Vögel. Einbildungen, sagte ich mir, und die Einbildungen wanden sich.

Ich solle nicht nach oben schauen, warnte Maurice. Er sprach nicht im Spaß – so wie es auch unsere Eltern niemals taten. Ihre sorgenvollen Schläge hatten uns die Gefahr begreiflich gemacht. Wir zogen Handschuhe über und schlugen die Kapuzen hoch, damit das Leuchten nicht unsere Haut versengte. Meine Schwester reichte uns Sternengläser. Der Bügel drückte auf meinem Nasenrücken, das Gestell war zu groß, vermutlich gehörte es Mutter. Ich wagte einen Blick hinauf: stumpfe graue Lichtpunkte auf schwarzem Grund – jegliches Leuchten, jegliche Einbildung gefiltert.

Schließlich standen wir davor. Niemand sagte etwas. Wir starrten nur.

Das Schilf.

Eine Wand aus Irrsinn. Die Oberfläche bestand aus spiegelndem Metall; doch die Reflexion folgte keiner Logik – mal konkav, mal konvex, anschließend verzerrt, dann wieder glasklar. Sie schuf Formen, die das Schilf in ungleichmäßige Segmente zergliederten, als blickte man auf dicht gedrängtes Schilfrohr. Zwanzig, dreißig Meter reichte die Wand hinauf; in der Höhe verdickten sich die Rohre zu knospenartigen Kronen. Weder vermochte man hindurchzublicken noch wagte man hineinzuschreiten. Der Fuß des Schilfs war vom Schlick gesäumt: ein weißer Schatten, der sich der Sonne entgegenstreckte. Gleich einem Teppich bedeckte er lediglich den Boden. Kein tatsächlicher Schatten lag auf ihm, jegliche Dunkelheit ward verschluckt. Es raschelte und rauschte – woher die Geräusche rührten, war ungewiss. Ob hinter der Wand ein Ozean lag, wusste niemand. Manchmal sahen wir uns in der Spiegelung, wie wir auf dem Kamm der Düne standen und hinabschauten; ebenso die Sonne: Sie war ein schwarzes Ungetüm, das sich wie ein böser, gefräßiger Kraken am Firmament festklammerte und mit seinen Fangarmen neugierig die Erde betastete.

In sicherem Abstand schritten wir das Schilf ab. Nie setzten wir einen Fuß in den Schlick, Mutproben überließen wir den Narren. Damals hatten Wagemutige versucht, mit einem Fesselballon auf die andere Seite zu fliegen. Wiedergekehrt waren sie nicht. Andere Glücksritter hatten sich direkt ins Schilf begeben, nur um sich in dem spiegelnden Labyrinth zu verirren und nie wieder aufzutauchen. Reisende von fernher vermochten ebenfalls vom Schilf zu berichten – doch weder von einem Beginn noch von einem Ende hatten wir je gehört.

Irgendwann fragte ich. Die Neuankömmlinge seien in der Nähe. Wir folgten meiner Schwester. Über Dünen von zerstoßenem Smaragd und Quarz hinweg, stets abseits des Schlicks. Wie wir wanderte auch die Sonne parallel zum Schilf. Ob sie sich ebenfalls fürchtete?

Immer wieder begegneten wir Träumern – Menschen, die sich ungeschützt dem Leuchten ausgesetzt hatten, die willentlich zum Schilf gekommen waren. Wer sie waren, wie sie hießen, schien vergessen. In der Gemeinschaft sprach man ohne Namen über sie; und selbst in den Einwohnerbüchern ihrer Heimatorte fand man nur erbost geschwärzte Einträge. Im Schlick lag ein älteres Paar; auf dem Rücken, die Augen himmelwärts, hielten sie einander die Hände: friedlich. Ein weiteres Pärchen, zwei junge Männer, die einander in die Arme genommen hatten, erfüllt von eigenartiger Romantik. Daneben etliche einzelne Seelen, die starr verweilten: in ihren Gesichtern Trauer, Hoffnung, Verdruss, Angst, ein Lächeln. Allesamt blieben sie reglos. Ob tot oder mit offenen Augen schlafend war nicht zu erkennen; keiner der Körper verweste. Manche harrten hier seit Monaten, manche gar seit Jahren. Schier abgetrennt vom Lauf der Zeit. Was diese Menschen hierhergetrieben hatte, blieb rätselhaft: Angst oder Gewissheit? Hofften sie, das Ende zu finden oder die Ewigkeit?

Dann sahen wir sie.

Ihre grellgelben Uniformen, die den bleichen Grund betupften. Sie kampierten inmitten des Schlicks, nicht abseits. Unabsichtlich hineingeraten oder willentlich betreten? Ziellos wanderten sie umher, warteten, zogen Kreise. Sie wirkten träge und ausgelaugt. Manche lagen da, die Augen ins Leuchten gerichtet. Ohne Sternengläser. Unwillkürlich folgte ich ihren Blicken.

Wir beobachteten sie aus der Ferne und fühlten uns wie Forscher, die einen Insektenschwarm studieren. Sie alle saßen in der Falle, waren dem Tode geweiht. Sie zu retten lag nicht in unserer Macht. Wir sinnierten, woher sie stammten. Die Uniformen waren uns unbekannt, die Gesichter ebenso. Vielleicht Reisende, befand meine Schwester. Vielleicht ein Kult, befand Maurice. Vielleicht mochten irgendwann Sammler eintreffen und sie bergen. Doch bis dahin würde es zu spät sein. Leere Hüllen, denen Leben und Tod entflohen waren; entseelte Augen, in denen sich das Leuchten widerspiegelte – mehr blieb von Träumern nicht zurück. Antworten blieben sie schuldig.

Wenig später gingen wir heim. Die Nacht dämmerte. Ein halber Helltag war vergangen, uns mutete es kaum wie eine Handvoll Augenblicke an.

Hier, nahe des Schilfs, passte vieles nicht mehr.

Maurice murrte. Wir vermummten uns fester und entzündeten Laternen, um das kosmische Leuchten zu überblenden. Über den Orten erstrahlten die Kuppeln, erbaut aus Fesselballons und Lampions. Der Rote Grat warf sein Licht wie ein Rettungsseil aus. Wir griffen danach.

Meine Sternengläser verrutschten; über den Rand des Gestells schimmerte das Leuchten, gewährte freie Sicht auf die Ebene und das Firmament. Keine korrigierenden Prügel bewahrten mich davor: vielfarbiges Licht, schillernd, in ruhiger, endloser Bewegung. Gleich ätherischen Wellen schwappte und wogte das Leuchten über das Land, überzog es mit hässlicher Schönheit. Auf einem fernen Hügel wanderte ein Tross Vermummter.

Meine Schwester merkte auf. Abseits des Roten Grats

saß eine Gestalt. Sie sei vom Pfad abgekommen, riet Maurice.

Wir beäugten sie. Eine junge Frau.

Maurice schauderte. Eine Wahnsinnige.

Meine Schwester nickte. Eine Verlorene.

Auch ohne über den Rand der Brille zu lugen, hatte ich es sehen können: Das Leuchten hatte ihre Unterarme versengt. Unter der Haut pulsierte das All. In Farben, die sich wie Egel wanden, gegenseitig aufsogen und neu gebaren. Der Zwiespalt zwischen Frieden und Furcht zeichnete die Miene. Sterne glitzerten in den Pupillen, selbst als wir Licht vor ihre Augen hielten.

Seit ungezählten Tagen musste die Frau sich schon zu diesem Ort hinausschleichen. Vermutlich jede Nacht, indes sie tagsüber ihre Narben verhüllte und hinter dunklen Gläsern ihre Augen verbarg. Dem Leuchten verfallen wie eine Motte. Von einem Feuer erfüllt, das man nicht verstand.

Wir wagten nicht, sie anzurühren, und wandten uns ab. Maurice und meine Schwester gingen voraus, ich verharrte einen Moment. Ging näher. Und fragte sie. Eine leichte Regung der Stirn, ein einzelnes, langsames Blinzeln. Träge, in einem fernen Traum gefangen. Eine Erwiderung, die so vieles sagte – und letztlich nichts.

Die weißen Stadtmauern kamen in Sicht.

Zweifellos warteten unsere Eltern auf uns. Der gewohnten Aussprache mit dem Ledergürtel vermochte ich kaum mehr eine Empfindung abzutrotzen, obgleich diese Unterredung diesmal viel länger dauern sollte. Meine Schwester aber würde mir Vorwürfe machen, denn schließlich sei ich es gewesen, die sie zum Aufbruch gedrängt habe. Ohne Sinn, ohne Verstand, ohne Grund.

Hier, fern des Schilfs, passte schon lange nichts mehr.

Nachdem sich alles wie erwartet abgespielt hatte, schlich ich mich nach Mitternacht aus dem Haus. Ich trat in die Wüste. Stellte meine Frage. Und schaute ins Leuchten.

Ewigkeiten verstrichen, indes ich inmitten der Sterne eine Reaktion zu finden erhoffte. Die Silhouetten sehend, das Flimmern registrierend, die Farben zählend. Meine Augen tränten. Dann, ganz allmählich, verformte sich das Flimmern. Es wuchs zusammen und nahm Gestalt an: ein titanischer Wurm, geschuppt, mit Abermillionen Beinchen dünn wie Fäden. Behäbig, beinahe unmerklich bewegte er sich fort. Einerlei, wohin ich meinen Blick nun richtete, überall am Firmament erspähte ich ihn. Wie sein Leib die Lichter einschnürte, wie sich das Leuchten zwischen den Fadenbeinchen brach. Wie er den Schlund öffnete, um einen Stern zu verschlingen – und sich sogleich dem nächsten zuwandte. Schweigend verfolgte ich das grausam schöne Schauspiel. Eine Ahnung sickerte in meinen Verstand, quälend langsam, als hätte ich Jahrzehnte darüber sinniert. Einen Stern nach dem anderen würde der Wurm vertilgen. Danach Dutzende weitere. Tausende. Den gesamten Himmel. Und mit ihm das Leuchten. Letztlich auch uns? Ich schluckte und schmeckte die Vergänglichkeit allen Seins.

Eine Berührung riss mich aus meiner Beobachtung. Das Gesicht einer Greisin blickte in meines.

Warum ich in die Sterne geschaut habe, fragte meine Schwester.

Toxic Buddy

Alex M. Gastel

ICH MACHE MIR SORGEN über das Verhältnis zwischen uns«, sagt der Gründer und zieht eine Schnute. Das Gebärmutterplüschmodell, auf dem ich ihm gegenübersitze, ist zu tief und meine unteren Rückenmuskeln verkrampfen. Ich lehne mich etwas zurück.

»Aha?«

»Es gibt Probleme mit deinem Verhalten. Das sehen viele so. Und das sage ich jetzt nur, um dir zu zeigen, dass ich nicht allein mit diesem Eindruck bin.«

Ich bin abgelenkt von dem niedlichen Gürteltier, das auf seinem Schoß die Zunge herausstreckt.

»Hast du Beispiele dafür?«, frage ich.

Der Gründer seufzt. »Wenn ich dir jetzt Beispiele nenne, hast du für jedes einzelne davon wieder Argumente.«

»Würde das nicht bedeuten, dass –«

»Darum geht es nicht!«, schreit der Gründer. »Weißt du eigentlich, wie viel Energie das bei mir zieht?«

Ich will weg. Da ich aber hier bin, räuspere ich mich. »Es tut mir leid, ich verstehe immer noch nicht ganz, was du meinst. Wenn du etwas Konkretes –«

»Es geht um deine Werte.« Er atmet einige Male tief ein und aus. »Du hast deine Werte. Dir ist Deivörsitti wichtig und das ist in Ordnung. Aber anderen hier im Team sind andere Dinge wichtig.« Er deutet auf ein Ölgemälde an der Wand. Es zeigt die Crew der USS Enterprise, darunter in Gold graviert der Text »Wir sind alle Nerds hier«.

Ich überlege und blicke zur Fahnenstange neben mir, von der eine Regenbogenflagge weht, die ich selbst vor zu langer Zeit hier aufgehängt habe. »Aber das widerspricht sich doch nicht. Ein diverses Team zu sein und sich gut zu verstehen.«

Der pelzige Rahmen des Gemäldes passt gut zur Rauhaardackeltapete. Doch die suppige Luftfeuchtigkeit im

Zimmer scheint dem Bild nicht gutzutun. Captain Picards Gesicht ist geschmolzen und hat ein Loch im Gemälde hinterlassen. Dahinter: schwarz und drei silberne Pünktchen.

Ich zwinge mich, den Gründer anzuschauen. Seine Geheimratsecken sind zu groß, um die Haare schulterlang zu tragen. Er spielt mit dem Bändchen seines Hoodies und schüttelt traurig den Kopf. Die Tischkickerbälle in seiner Kapuze klackern. »Weißt du, ich muss immer wieder daran denken, wie schön unser Teamtreffen in Bad Jupiter war. Da war alles noch richtig entspannt.«

Während er von unserem gemeinsamen Schwimmen im Eis der Jupitermonde schwärmt – ich musste mich entscheiden, ob ich mich entweder in einem Schwimmbinder oder mit einem nicht normgerechten nackten Oberkörper begaffen lassen möchte –, lese ich die Titel in seinem Bücherregal: Das große 1×1 der Erfolgsstrategie Steve Jobs unser Held Wie du mit Holokratie zum Vorbild für die ganze Welt wirst Ich war als Baby schon ein Gründer und du auch Agiles Coaching Projektmanagement für Visionäre mit OKR Fokus Was wir von Vulkaniern über flache Hierarchien lernen können.

»Was hat sich verändert zwischen uns?«, fragt er. »Ich habe uns immer als Freunde gesehen. Damals hattest du vielleicht mal ein, zwei Vorschläge zur Antidiskriminierung gemacht und nett gefragt. Heute kommst du gleich mit Richtlinien für Stellenausschreibungen. Richtlinien! Das sind einfach nicht wir.«

Ich wechsele die Strategie. »Bist du dir bewusst, dass du eine Machtposition hast?«

Das Gesicht des Gründers verzerrt sich. Er nimmt das Gürteltier und wirft es. Ich ducke mich und das arme

Tier knallt ins Bücherregal, das sofort in sich zusammenschwappt. Kartoffelsuppe ist instabil.

»Macht, Macht, Macht! Ich kann es nicht mehr hören!«, schreit der Gründer. »Darf ich denn dann gar nichts mehr sagen? Und es muss eben einfach mal gesagt werden: Wenn du jetzt auf einmal alle möglichen anderen Bewerber*innen bevorzugen willst, dann ist das ja auch Diskriminierung. Dann diskriminierst du nämlich weiße Männer. Die armen Kerle sind schon ganz verunsichert.«

Ich greife nach der Fahnenstange neben mir und ziehe mich hoch.

Der Gründer legt sich die Hand auf die Brust und macht ein mitleidiges Gesicht. »Verstehst du mich? Ich finde es so wichtig, dass wir diesen Dialog miteinander haben.«

Ich nehme den Uterus aus Plüsch und stülpe ihn über den Gründer. Ich löse die Fahnenstange und sauge mit ihr als Strohhalm die Kartoffelsuppe ein – sie schmeckt fade und nach nassem Papier. Ich erbreche die Pampe in den Uterus und schließe den Reißverschluss am Muttermund. Ich werfe das schreiende Organ auf den Boden, die Tischkickerbälle klicken dumpf. Ich lege die Fahnenstange quer über den Schreibtisch und die nassen Bücher. Ich löse die Flagge sorgfältig und hänge sie mir um die Schultern. Ich gehe zum Gürteltier. Ich nehme die zitternde Kugel vorsichtig auf den Arm und streichle sie. Der Schwanz zuckt schwächlich. »Du schaffst das!«, sage ich. Die gepanzerten Schichten entrollen sich, bis eine ferkelige Nase zum Vorschein kommt. Ich halte das Gürteltier an die Fahnenstange und seine dicken Krallen greifen beherzt zu. »Jetzt!«, rufe ich und drehe an der Stange. Das Gürteltier kickt mit seinen Hinterpfoten und dem Schwanz noch dazu, es trifft die Gebärmutter frontal ins plüschige Fleisch, ein wehleidiges »Wääääääää!« ertönt, die Gebärmutter fliegt auf das Ölgemälde zu, genau auf das Loch, ja, sie trifft und sie fliegt hinaus, ins gelangweilt weiter expandierende Universum. Soll das sich um sein Schreien kümmern.

Ich nehme das Gürteltier wieder auf den Arm. Seine klebrige Zunge leckt Kartoffelsuppenspritzer aus meinem Gesicht. Ich stupse gegen seine rosa Nase. »Komm, wir gehen.«

Notate zum Aufstieg des Neorassismus und Populismus im Zeitalter der frühen klimatischen Zusammenbrüche unter besonderer Berücksichtigung der versuchten Ausrottung der Sommersprossen

ANKE LAUFER

> Glory be to God for dappled things —
> For skies of couple-colour as a brinded cow; [...]
> All things counter, original, spare, strange;
> Whatever is fickle, freckled (who knows how?)

Gerard Manley Hopkins (1844–89)

Notate
zum Aufstieg des Neorassismus und Populismus im Zeitalter der frühen klimatischen Zusammenbrüche unter besonderer Berücksichtigung der versuchten Ausrottung der Sommersprossen

Vorbemerkungen

Es scheint mir inzwischen unausweichlich, dass diese Seiten von meinem Leben ebenso viel zu erzählen haben wie von meinem Forschungsgegenstand. Es ist einer der letzten Abende auf der Station und ich stelle fest, dass ich beim Schreiben mehr und mehr einen veränderten Ton anschlage, einen nicht vollkommen wissenschaftlichen, wie ich befürchte.

Ich blicke hinaus in die Nacht. Der weiße Lichtstreif des Leuchtturms zieht über das Nordmeer und berührt weit draußen, sekundenlang, die blanken, von der Brandung umtosten Felsnadeln. Das Nachlassen meiner Disziplin mag an der Einsamkeit dieses Ortes liegen, von dem der letzte Kollege vor mehr als einem Jahr abgezogen wurde, womöglich aber auch an der Tatsache, dass die katastrophalen Veränderungen, denen unser Planet in den vergangenen Jahrzehnten ausgesetzt war, in diesen Tagen einen vorläufigen Höhepunkt erreichen.

Der vorliegende Text war ursprünglich dazu vorgesehen, in Form einer wissenschaftlichen Publikation zu erscheinen, um meine langjährigen Forschungen zusammenfassend zu dokumentieren und der schwindenden Kollegenschaft zur Verfügung zu stellen. Während ich mit der Ausarbeitung beschäftigt war, gerieten meine Aufzeichnungen jedoch mehr und mehr aus der Form, wucherten und verwandelten sich, einige Teile gingen verloren, andere wurden absichtlich oder unabsichtlich vom Kerntext abgetrennt und vermutlich ausgelöscht.

Nun habe ich mich dazu entschlossen, die fragmentarischen Ergebnisse meiner Recherchen und Selbstversuche sowie die meiner Ansicht nach erforderlichen Anmerkungen in einer der letzten freien Zonen des literarischen Darknets zu veröffentlichen, wenn vielleicht auch nur, um sie vor der endgültigen Vernichtung zu bewahren.

Unter dem großherzigen Schirm der Fantastik haben seit jeher die seltsamen, die rebellischen, die an der Realität zweifelnden und verzweifelnden Autoren Schutz gefunden.

So schreibe ich Ihnen in der Hoffnung, dass ich Sie hier finden werde: die besten Leser in den noch bewohnbaren Zonen der Erde, Menschen, die in diesen dunklen Tagen zugleich an den Prinzipien der Wissenschaft, der Fantasie und der Menschlichkeit festhalten.

Lassen Sie uns gemeinsam den Wahlspruch jenes geheimen Netzwerkes wiederholen, an den wir uns wohl alle klammern:

Die Gedanken sind frei.

1/ Rassistische Folklore, familiäre Hintergründe und frühe diskriminatorische Prägungen

Ich wurde zu Beginn des Jahrtausends geboren. Mein Großvater war ein hochgewachsener Bahnangestellter und Hobbygärtner mit blauen Augen und großen Händen. Er hielt sich für einen Spaßvogel und pflegte zu sagen: »Das Kind hat sich nicht richtig abgetrocknet, es hat schon überall Rostflecken.«

In der Gegend, aus der ich stamme, nannte man Sommersprossen auch Laubflecken, weshalb ich mich wohl so lebhaft daran erinnere, wie verbissen mein Opa dem Rosenrost in seinem Garten mit Pestiziden zu Leibe rückte. Bevor Sie, liebe Leser, lächelnd darauf verweisen, dass dieser Zusammenhang doch etwas weit hergeholt erscheint: Nein, ich war und ich bin nicht überempfindlich. Wie andere Betroffene habe ich zugleich ein feines Gespür und große Widerstandsfähigkeit gegenüber seelischen Verletzungen entwickelt. Ich will Ihnen mit dieser Anekdote nur eines vor Augen führen: Mein Großvater demonstrierte mir seinerzeit wie nebenbei, dass die Menschheit ein fleckiges Äußeres seit jeher mit Krankheit und Ansteckung assoziiert.

Tatsächlich sind meine Erinnerungen an die frühe Kindheit vergleichsweise glücklich. Der Kristallpalast, wie meine

Eltern ihr großes Haus nannten, steht heute nicht mehr. Das Meer hat sich jenen Küstenabschnitt vor Jahren geholt. Damals jedoch war es ein schönes Haus, in dem unendlich viele Spiegel hingen, was der Sammelleidenschaft meiner Mutter geschuldet war. In den Spiegeln wiederum sammelte sich die Helligkeit, die durch die weiten Fensterfronten hereinströmte. An manchen Tagen, wenn draußen Wolkenbarkassen mit geblähten Segeln vorüberzogen, brachen sich in den Spiegeln auf- und abschwellende Wogen aus Licht. Funkelnde Gischt sprühte aus den Kronleuchtern und rann von den blanken Decken. Ein greller Ozean, der meine Sommersprossen umspülte und zum Erblühen brachte. Sie glichen winzigen, sich öffnenden Seeanemonen, die sich an mein Gesicht klammerten wie an einen blassen, rundgewaschenen Stein.

Ich hatte die Missbilligung meiner Familie wohl schon früh gespürt, doch ihre Beweggründe wurden mir erst an jenem ganz besonderen Tag klar. Ich war wie so oft vor einem der Spiegel stehen geblieben und machte mir ein Spiel daraus, meine Sprossen zu zählen. Spieglein, Spieglein an der Wand, flüsterte ich und wandte das Gesicht hin und her.

In diesem Augenblick stakte hinter mir meine Mutter vorbei, mit den für sie typischen, energisch kurzen Schritten. Eine Sekunde lang trafen sich unsere Blicke im Spiegelbild. Es war dieser eine Blick, der meine fleckige Oberfläche berührte und dann wie ein Tentakel zurückzuckte, nur dieser eine Blick, der mir alles verriet, den ich nie vergaß und in dem ich mich für lange Jahre gespiegelt sah.[1]

---

1 Meine Mutter war ihrer Zeit voraus. Ihre Gedankengänge waren konsequent, ihre Ansichten unerbittlich.

Ich muss um die zehn Jahre alt gewesen sein, als mich meine Tante Eleonore zur Seite nahm und mir einen Tiegel mit Hautcreme schenkte. Das Etikett trug das Emblem eines Schwans und wirkte seltsam altertümlich. Damit solle ich meine Sommersprossen betupfen, sagte sie mir, diese würden mithilfe des Mittels erst verblassen, dann verschwinden. Der Balsam würde mich makellos zurücklassen, versprach sie mir, vollkommen rein, ich müsse nur ein wenig Geduld aufbringen. Meine Tante war eine sehr schöne Frau mit rabenschwarzem Haar, milchweißer Haut und untadelig manikürten Händen. Sie reckte den langen Hals und blinzelte freundlich, wenn auch ein wenig unsicher, auf mich herab.

Erst viel später verstand ich, dass sie es wirklich gut mit mir gemeint hatte und etwas mit ihrer Nichte hatte teilen wollen, was ihr sehr kostbar gewesen war. Nach ihrem Tod – ich war inzwischen längst kein Kind mehr, nicht einmal mehr eine junge Frau – wurden die Reste der von ihr in den Siebzigerjahren des vergangenen Jahrhunderts gehorteten Bestände aufgefunden: zwölf Tiegel ranziger Bleichcreme in einer Blechschachtel auf dem Schlafzimmerschrank ihrer Zweizimmerwohnung. Das staatliche Verbot des Produkts hatte Tante Eleonore zwar früh von der Versorgung abgeschnitten, doch sie hatte es mit der ihr eigenen Umsicht geschafft, ihre Vorräte so weit zu strecken, dass am Ende jene zwölf Tiegel übrig blieben.

Heute weiß ich: Der Kristallpalast war der gläserne Schrein, der für mich vorgesehen war. Hier hätte das Schneewittchen ruhen sollen. Wäre der Nachschub nicht versiegt, hätte man mich mit Quecksilber vergiftet. Denn es war dieses hochgiftige Schwermetall, das die Salben zur Hautaufhellung seinerzeit enthielten. Auch wenn dies wohl nicht zu meinem Tod geführt hätte, so doch mit Sicherheit zu Folgeschäden und zur Vernichtung meiner Sprossen. Ich kann von Glück sagen, dass ich den süßlichen Geruch der Creme nicht ertrug und sie deshalb nach einem halbherzigen Versuch niemals wieder anwendete.

Es war also letztlich meine Familie, welche die Idee der vermeintlichen Makellosigkeit in mich pflanzte, noch bevor ich in die Schule kam und dort all die Schikanen aushielt, denen Menschen wie ich zunehmend ausgesetzt waren. Natürlich waren die Auswirkungen jener neorassistischen Ideologien auf mein Selbstbild verheerender, als ich es damals begriff, eine Erfahrung, die ich wohl mit den Opfern jeglicher Art von Diskriminierung teile. Ich wurde mir selbst entfremdet, hasste meine Sprossen und trug zu jeder Tages- und Nachtzeit ein Make-up, das unter dem Markennamen WHITE CAMOUFLAGE vertrieben wurde. Das war selbstverständlich lange bevor effektive chemisch-mechanische Mittel auf den Markt kamen und den meisten Sonnensprenkeln den Garaus machten.

Obwohl man die Sprossen zu jener Zeit noch nicht mit einer deutlichen Abwertung und einem Dasein zweiter Klasse gleichsetzte, ja obwohl es etwa drei Jahrzehnte lang sogar einer heute als exaltiert betrachteten Mode entsprach, ein paar dekorativ platzierte Sommersprossen auf der eigenen Nase zu kultivieren, hat sich bekanntlich mit dem rasanten weltweiten Aufstieg des Menschenbild-designs und der Neuen Eugenik eine gänzlich andere Sichtweise durchgesetzt.

2/ Die Froschlaichwasser-Quelle: Erwachendes wissenschaftliches Interesse und bahnbrechende Feldforschungen

Reinheit und Perfektion waren zwei der Götzen des neuen Zeitalters. So muss ich gestehen, dass ich wohl etwas Vergleichbares in der wissenschaftlichen Forschung suchte. Eine klare, saubere Gedankenwelt wollte ich erschaffen, einen Kristall, der bewundernde und liebende Blicke auf sich zu ziehen versprach. Doch zugleich – und das unterschied mich von zahlreichen meiner Zeitgenossen – fühlte ich mich der Wahrheit in all ihrer Komplexität verpflichtet.

Nun, Sie werden sagen: Ja, Sie waren eine, die sich die Wahrhaftigkeit ohne Weiteres leisten konnte. Und ich gebe es zu. In den 2030er und 2040er Jahren kam es (wie die Älteren unter Ihnen sich sicher erinnern werden), weltweit zu wirtschaftlichen und politischen Verwerfungen im Zusammenhang mit dem großen pandemischen Ökozid und zugleich – weit weniger leicht erklärbar – zu einem nie da gewesenen Gedeihen der Lüge, die fantastische Blüten trieb.

Niemand interessierte sich mehr für wissenschaftliche Erkenntnisse oder dafür, was ich als Fleckige so trieb, solange ich keinem meiner unangenehmsten Zeitgenossen in die Quere kam. Und selbst die Ideologen und Fanatiker hatten jetzt ganz andere Probleme, denn fast jeder kämpfte bereits damals um das nackte Überleben. Ich konnte von

Glück sagen, dass ich zu einer privilegierten, neureichen Schicht gehörte.[2]

Trotz meines Reichtums unternahm ich überraschenderweise nichts gegen meine Sprossen. Dies war wohl einer ungewöhnlichen (und mir zu jener Zeit rätselhaften) Regung zu verdanken. Rückblickend betrachtet ahnte ich wohl meinen radikalen Sinneswandel voraus.

Jedenfalls wandte ich mich den Sommersprossen als Forschungsgegenstand zu. Ich erinnere mich an jenen Nachmittag im Lesesaal der Bibliothek von F., an den Geruch der Bücher, an die Staubkörner, die über mir im Licht tanzten und an mein Staunen, als ich zufällig auf eine erste Primärquelle stieß. Sie wurde zum Ausgangspunkt meiner Arbeit und, so muss ich gestehen, meiner lebenslangen Besessenheit. Ein Autor namens Gottlieb Wilhelm Rabener schrieb anno 1777: *»meine frau hat ein besondres geheimnisz, froschleichwasser zu machen, welches zu einer reinen haut, und wider die sommersprossen hilft.«*

In jenen ersten Jahren füllte ich unzählige Notizbücher mit kulturanthropologischen Aufzeichnungen über haarsträubende Theorien und absurde Gebräuche. In dieser Zeit wurzelt mein bis heute bestehendes multidisziplinäres Interesse am Studium der menschlichen Dummheit. Unwissenheit oder Beschränktheit schienen mir bereits zu jener Zeit die wahrscheinlichsten Ursachen für die Verfolgung

---

2 Meine Familie hatte sich rechtzeitig Aktienanteile jener börsennotierten Unternehmen gesichert, die mit den knapper werdenden Rohstoff-, Wasser- und Nahrungsmittelreserven spekulierten.

der Sprossen zu sein. So wie Eiferer und Faschisten den goldenen Löwenzahn hassten und ihn aus jedem Rasen stachen, so trachteten sie danach, Sommersprossen aus menschlichen und vor allem aus weiblichen Gesichtern zu stanzen.[3]

Während ich in jahrelangen Bemühungen die verbliebenen Archive und Bibliotheken der Welt durchkämmte, war ich zugleich als Feldforscher Augenzeuge zahlloser Rituale, die dazu dienen sollten, Hautsprossen abzuwehren oder auszuhungern.

So sah ich zu, wie man in Russland Barrieren aus Rindenmulch, Reißzwecken oder Gesteinsmehl um Kinderbetten streute und im Mittelmeerraum hellhäutige Mädchen mit Oregano, Thymian und Rosmarin umgürtete.

In Schweden stieß ich 2033 nach einem langen Marsch über die ehemals schneebedeckten Wälder von Sarek in der verfallenen Hütte eines Wildhüters auf ein altes Rezept, das ich bis heute aufbewahre. Es handelt sich um einen Sud aus Wermutblättern, Brennnesseln und Petersilie, den man bei Neumond in die Haut reiben soll, um die Sprossen zu vertreiben.

---

3 Zugleich fiel die menschliche Zivilisation, wie wir alle beobachten konnten, in den folgenden Jahrzehnten in einen Zustand zurück, der in vielem einer vorindustriellen Epoche glich. Verschwörungstheorien, Aberglauben und Intoleranz erblühten, Fanatismus und Korruption gediehen, während sowohl offenkundige Tatsachen als auch wissenschaftlich bewiesene Erkenntnisse geleugnet wurden.

In Österreich fand ich etwa 2041 in einem Antiquariat ein einst weitverbreitetes medizinisches Handbuch, etwa hundert Jahre alt, das zu weit barbarischeren Methoden rät. Es heißt darin, dass die Sommersprossen, zusammenschrumpfen und vertrocknen würden, wenn man sie mit ausreichend Steinsalz und Backpulver bestreute.

In der Ausgabe einer obskuren französischen Frauenzeitschrift aus den Neunzigerjahren des letzten Jahrhunderts ist zu lesen, Sonnensprenkelsaat sei bei jeder sich bietenden Gelegenheit in einem Eimer zu sammeln und dann mit kochendem Wasser zu übergießen.

Im Beiblatt eines kanadischen Almanachs, den ich auf dem Dachboden einer ehemaligen Schule bei Toronto fand, wird Betroffenen empfohlen, die frischen Keime aufzuspießen oder »einfach beherzt« mit einer Nagelschere zu durchschneiden.

Obwohl solche absonderlichen Handlungsanleitungen sich selbst heutzutage in den digitalen Netzwerken immer wieder neu verfangen und fröhlich fortpflanzen, wurde schließlich das berüchtigte Sprossenkorn des MONKSANTA-Konzerns zum weltweit vorherrschenden Vernichtungsmittel. Mit dieser kornförmig gepressten Substanz wurden die Wirtsorganismen, also sommersprossige Menschen, großflächig bestreut. Meist starben Sonnensprenkel, die damit in Berührung kamen, einen qualvollen Tod noch an Ort und Stelle und mussten anschließend von Hand abgezupft und weggespült werden. Nebenwirkungen wurden auf den Beipackzetteln gerne verschwiegen, so die allergischen Reaktionen behandelter

Hautareale und die seelischen Verstimmungen der Wirtsorganismen. Diese Beschwerden beschrieben Überlebende
der Behandlung, welche ich später befragen konnte, häufig
als »Untröstlichkeit« und »tiefe Melancholie«.

Ich fand also bald heraus, dass es im Verlauf der Mensch-
heitsgeschichte mit Ausnahme von ein paar kurzen Atem-
pausen kaum eine Tortur gegeben hatte, mit welcher man
den Sommersprenkeln nicht zusetzte, mit dem erklärten
Ziel, diese vom Erdboden zu vertilgen.[4]

3/ Grundsätzliches zu Merkmalen und Lebensweise der Epheliden

Es ist das Melanocortin-1-Rezeptor-Gen, das Menschen
zu Wirtsorganismen für Sonnensprenkel macht. In wissenschaftlichen Kreisen werden diese auch als Epheliden
(griechisch ἔφηλις – Ephelis, Plural Ephelides von gr. epi –
ἐπί »bei« und hēlios – ἥλιος »Sonne«) bezeichnet, tragen
jedoch noch eine große Anzahl volkstümlicher und mehr
oder minder literarischer Namen.

Ebenso vielgestaltig sind ihre Erscheinungsformen:
Manche haben einen ausnehmend schönen blauen oder

---

4 Die Erderwärmung trifft in diesem speziellen Fall ausnahmsweise
keine Schuld. Tatsächlich begünstigen längere Phasen intensiver Son-
neneinstrahlung die Sprossen eher, denn sie lieben es, in Licht und
Wärme zu baden, sie dehnen und rekeln sich auf der Hautoberfläche
und nehmen über kürzeste Zeit die schönsten und intensivsten Farb-
töne an.

schwarzen Kopf, der sich von einem gelben oder elfenbeinfarbenen Körper abhebt. Es gibt violette, hellblaue und türkisfarbene Sprossen. Es existieren sogar getigerte, gestreifte und spiralförmig gebänderte. Das alles sind natürlich seltene Arten oder Mutationen, welche mit dem bloßen menschlichen Auge kaum zu unterscheiden sind.

Das Verhältnis der Hautsprossen zu ihren Wirten wird häufig als Parasitismus missverstanden – doch in Wahrheit handelt es sich um eine Symbiose. Dies, liebe Leser, ist ein grundlegender Unterschied. Während der Parasit seinen Wirt ausbeutet, handelt es sich bei der Symbiose um eine enge Beziehung, die beide Seiten begünstigt.

4/ Selbstversuche, Verhaltensforschung und Neubewertung

Die Jahre vergingen und mit ihnen veränderte sich mein Körper. Meine Hüften verbreiterten sich, meine Brüste gaben der Schwerkraft nach. Mein Gesicht füllte sich mit den Geisterlinien der Zeit. Meine Sprossen verloren ihre Frische: Sie verblassten, jedoch nicht so weit, als dass ich auf das regelmäßige Auftragen von WHITE CAMOUFLAGE hätte verzichten können.

Der Versuchung einer möglichen MONKSANTA-Behandlung hatte ich in all den Jahren nicht nachgegeben. Ich brachte es wohl nicht über mich, meine Sprossen der Vernichtung auszuliefern, obwohl mir damals noch nicht bewusst war, dass sie mir einmal etwas bedeuten würden.[5]

Deshalb werde ich nie jenen Tag im März[6] vergessen, als ich mich zu meinem ersten Selbstversuch durchgerungen hatte. Ich hatte alles vorbereitet, mich für die Nacht in mein Zimmer eingeschlossen und nackt auf dem Bett ausgestreckt.

Im Schein einer Infrarotlampe sah ich zu, wie meine Sprossen in jener Nacht ihren Wirtskörper neu besiedelten, wie diese winzigen Lebewesen ausschwärmten und mit ihren Fühlern dicht über meine Haut strichen. Sie berührten mich dabei hin und wieder, ganz sacht und beinahe zärtlich. Dieses Tasten ist für den Wirtsorganismus nur bei äußerster Wachheit aller Sinne überhaupt spürbar, doch erst einmal ins Bewusstsein vorgedrungen, verursacht es wohlige Schauer.

Später, in den ersten heißen Frühsommernächten, folgte ich meinen Sprossen auf ihren ausgedehnten nächtlichen Streifzügen, wo sie sich vorzugsweise von vollreifen Erdbeeren und den neongelb leuchtenden Blüten der Nacht-

---

[5] Sie müssen sich bewusst machen, verehrte Leser, dass ich mich vor diesem Ereignis trotz meines wissenschaftlichen Interesses immer noch für meine Sprossen schämte. Zudem gehören sie zum gemeinen fuchsbraunen Typus, sodass ich mir keine sensationellen, nicht einmal neuartige Erkenntnisse versprach. Daher war ich vollkommen von dem überwältigt, was später geschah.

[6] »Märzenflecken« ist eine weitere traditionelle Bezeichnung für die Sonnensprenkel, denn März ist der Monat, in dem die Hautsprossen in unseren Breiten gemeinhin aus ihren Winterquartieren kommen.

kerze nährten, und kehrte erst in der Frühe, verwildert, barfüßig und mit Erde unter den Nägeln, in mein Bett zurück. Es war eine wunderbare Zeit, in der ich meine Sprossen kennen- und sie in ihrer Eigenart von anderen unterscheiden lernte.

Verschiedene Sprossenarten legen nämlich ein untereinander vollkommen abweichendes Verhalten an den Tag. Manche kehren beispielsweise mit dem Einsetzen der Dunkelheit immer wieder in dieselben sicheren Schlupfwinkel zurück. Bevorzugt werden dabei Verstecke im Bereich der Ohrmuscheln, Schlüsselbeinmulden und im Gestrüpp der Schamhaare.

Unterschiedlich ist auch ihr Verhalten im Winter. Meine eigenen Sprossen bleiben ihrem Wirtsorganismus treu, ihre Farbe verlöscht jedoch zu einer gespenstischen, fahlen Präsenz. Andere Sommersprossenarten verbringen den Winter im Keller. Die gemeine Keller-Sprosse gilt bereits als ausgestorben, weil es weltweit nur noch wenige tiefe und ausreichend feuchte Keller gibt, die ihr Schutz bieten könnten. Sie schwärmte einst ausnahmslos in milden Winternächten aus den Lichtschächten und ernährte sich auf regennassen Straßen von zertretenen Regenwürmern und Hundekot. Dieses Verhalten hat ihren Verfolgern bekanntlich als Vorwand für zahlreiche Vernichtungsfeldzüge gedient.

Im Verlauf meiner Forschungen geschah Außergewöhnliches: Ich entdeckte die Schönheit des Verachteten, ich lernte das Scheckige, das Eigenartige zu lieben, mich selbst, die Sprossen, doch darüber hinaus all jene Lebewesen, die als Schädlinge, Ungeziefer und Unkräuter verunglimpft werden, die immer wieder fliehen müssen, in Randzonen verbannt werden, aufgeschreckt, gehetzt und entwurzelt.

All diese Erscheinungsformen des Lebendigen, welche die Menschheit nach und nach nahezu vollständig vom Angesicht der Erde tilgte, führten einst ein geheimnisvolles und faszinierendes Leben, so auch die Sprossen.

5/ Das Echo ihrer verklungenen Stimmen entsteigt der geplünderten Leere unseres Planeten

Ja.

6/ Fortpflanzung und Wanderungsbewegungen

Als Spuren Abertausender zarter Liebesbisse, die der Teufel auf dem Körper einer Frau hinterlässt, galten die Sprossen im Mittelalter. Niemals wäre ich in meinen jungen Jahren darauf verfallen, dieses Bild als ein gutes Omen zu werten. Ich hielt meine Einsamkeit für naturgegeben, meine Hässlichkeit für eine Tatsache, für die ich die Schuld der fleckigen Beschaffenheit meiner Haut gab.

Es waren meine Forschungen zum Liebesleben der Sprossen, welche mich befreiten. Sie fielen zeitlich zusammen mit meinen Forschungsreisen im keltischen Kulturkreis. Sie brachten mir Aufklärung und schließlich die langersehnte Erlösung – und am Ende Liebe.

Ja, sogar die Liebe.

(Wie auch immer.)

Sprossen sind Hermaphroditen. Bei der Paarung werden Spermiensäckchen ausgetauscht, welche die Eizellen des Gegenübers befruchten. Die Evolution hat es im Verlauf von Jahrmillionen so eingerichtet, dass die Aussaat als Gelege an warmen und feuchten Körperstellen des Wirtstiers stattfindet, für gewöhnlich in nebligen Nächten des Spätherbstes.[7]

Aus Unwissenheit entledigen sich viele Wirte der Sprossen durch das Ausschütteln des Bettzeugs am offenen Fenster. Dies stellt eine ungeheure Verschwendung von Lebensenergie dar, denn Sprossen vermitteln eine Nähe zur eigenen Seele, wie nur ein Wirtstier sie kennt. Gerade ihre Zügellosigkeit und die hohen Reproduktionsraten sind es, die ihre belebende und stärkende Wirkung bedingen.

In den westeuropäischen Rückzugsgebieten der Kelten hatte man den Epheliden traditionell mehr Toleranz entgegengebracht. Vor jener unseligen politischen Abspaltung von Resteuropa, welche das einstmals vereinigte Königreich der Britischen Inseln erst in übersteigerten Nationalismus und Xenophobie und dann zunehmend in Armut, Rückständigkeit und politische Bedeutungslosigkeit stürzte, begegnete man dort den Sprossen mit Verständnis und Zärtlichkeit, ja sogar mit Leidenschaft.

---

7 Beim Schlupf habe ich selbst häufig mein Kopfkissen, zuweilen auch die gesamte Bettwäsche mit jungen Sommersprossen bestreut vorgefunden.

Dies ist nicht ganz so verwunderlich, wie es zunächst erscheinen mag: Auf Wirten, welche dem keltischen Hauttyp entsprechen, also Menschen mit roten oder orangen Haaren und sehr heller Haut, fühlten die Sprossen sich dem Vernehmen nach besonders heimisch. Leider konnte ich diese Behauptung nicht zufriedenstellend überprüfen, da mir während meiner Forschungsaufenthalte vor Ort nur sehr wenige Exemplare dieses idealen Wirtstypus begegnet sind.[8]

Schottische Ahnenforscher sahen Epheliden einst als Schriftzeichen, ähnlich dem Morsealphabet, durch welche Nachrichten, ja sogar ganze Familienchroniken auf sprossigen Gesichtern überliefert wurden.[9] Dichter und Sänger der Britischen Inseln verglichen die Sonnensprenkel mit schwebendem Plankton und dahinziehenden Vogelschwärmen.[10]

Diese Metaphern, so behaupte ich, treffen den Kern ihres Wesens recht genau. Denn sie verweisen auf die ursprüngliche, nomadische und wilde Natur der Sommersprossen. Es sind ihre unsteten Migrationsbewegungen, welche ihnen den Ruf der Unberechenbarkeit eingebracht haben. Damit zogen sie den Hass jener auf sich, welche die Sprossen trotz

---

8 Zu diesem Typus gehörten bereits früher nur etwa ein bis zwei Prozent der Weltbevölkerung, heute ist er – aus den bekannten Gründen – extrem selten geworden.

9 Siehe hierzu das vergriffene Standardwerk von Mackenzie und Munro: »The hidden language of Scottish freckles« Glasgow, 1987.

10 Eine unvollständige Playlist aus dem Pandemiejahr 2020 erwähnt Joules the Fox, The New Mastersounds, Pip Blom, Curtis Waters und Natasha Bedingfield. Eine Aufzählung der poetischen Versuche, den Sommersprossen gerecht zu werden, findet sich in Mansfield, Stella: »The poetry book of birds and freckles« Brighton, 2027.

aller Bemühungen nicht haben domestizieren können. Fahrende Völker waren der Obrigkeit seit jeher verhasst.[11]

Die Wanderungsbewegungen der Sonnensprenkel sind eindeutig nachweisbar anhand silbriger Spuren, welche diese vor allem auf dem Gesicht, der Brust, den Schultern und Armen der Wirtsorganismen hinterlassen. Sie wirken mit ihren Schnörkeln und schwungvollen Ausläufern recht anmutig und unterscheiden sich deutlich von den getrockneten Rinnsalen, welche andere Lebenselixiere wie Tränen, Schweiß, Speichel und Sperma auf der Haut hinterlassen.

Sprossensilber ist ein ungewöhnliches Material, das an sich weder fest noch flüssig ist. Ruht die Sprosse, wird es zähflüssig, doch sobald eine Bewegung erfolgt, verflüssigt es sich wieder. Die Substanz dient den Sprossen vor allem zur Orientierung. Sonnensprenkel können sich bei Gefahr meilenweit von ihren Wirten entfernen, vor allem wenn diese an seelischer Auszehrung leiden. Die nützlichen Lebewesen schwärmen dann aus, um den Wirtsorganismus über ihre eigene Nahrungssuche mit Zusatzstoffen wie Morgentau, Baumflechten, Rost und Vogelgesang zu versorgen. Ihren Heimweg finden die Sprenkel, indem sie die eigene Spur aus Sprossensilber zurückverfolgen.[12]

---

11 Siehe: »Inequalities experienced by Gypsy and Traveller communities: A review.« Sarah Cemlyn, Margaret Greenfields, Sally Burnett, Zoe Matthews und Chris Whitwell. University of Bristol / Buckinghamshire New University, 2009.

12 Bei näherer Betrachtung gleichen meine irischen Feldstudien, die ausgedehnten Wanderungen durch Devon, Cornwall und Wales und jene letzte, verzweifelte Flucht zur Forschungsstation auf den Äußeren Hebriden auffällig den Wanderungen meiner Forschungsobjekte.

7/ Freiwillige Selbstverpflichtung

1. Ich schwöre, dass ich jene verschlüsselten Botschaften, welche schottische Ahnenforscher in den sommersprossigen Gesichtern ihrer Zeitgenossen entdeckten, niemals dechiffrieren werde.

2. Ich werde die vielschichtigen Konstellationen der Sprossenartigen niemals zu interpretieren versuchen.

3. Ich verspreche, keine Wissenschaft zu begründen, die einer astrologischen Deutung ihrer Sternbilder gleicht.[13]

8/ Paarungsritual und zärtlicher Abgesang

Es war Sam, der mich an unserem ersten Abend eine ganze Weile lang still und aufmerksam betrachtete und dann auf einmal sagte: »Ein Mädchen ohne Sommersprossen ist wie ein Himmel ohne Sterne.« Er war sicher kein Dichter und ich war längst kein Mädchen mehr, dennoch traf mich sein Satz mitten ins Herz.

Samuel war ein walisischer Elektriker und ich hatte ihn bei einem Feierabendbier in einem Pub in Aberystwyth kennengelernt, wo ich für ein Trimester in der walisischen Nationalbibliothek tätig war.

---

13 Bedenken Sie, liebe Leser: Mithilfe der fortwährenden Positionsänderungen auf ihren Wirtsorganismen bewahren die Epheliden ihre tiefsten Geheimnisse. Deren Aufdeckung würde von anderen vermutlich dazu genutzt, die drohende Ausrottung zu vollenden.

»Die Paarungsrituale der Sprossen sind bisher nur äußerst selten beobachtet worden«, erklärte ich ihm, als mir das dritte Pint etwas zu Kopf gestiegen war. Dann fügte ich wichtigtuerisch hinzu: »Ein Forscherteam der Universität Aberdeen hat hier Pionierarbeit geleistet.«

Er lächelte sanft und strich mir eine Haarsträhne aus dem Gesicht. Als ich keinen Widerstand leistete, legte er mir die Hand auf die Schulter, zog mich zu sich hin und gab mir einen Kuss. Wie er mir so nahe kam, suchte ich nach Unregelmäßigkeiten in der Färbung seiner vom Wetter gegerbten Haut. Er zwinkerte mir zu, mit dem linken seiner beiden sehr graublauen Augen. Dann schob er dem Wirt einen Geldschein über den Tresen, nahm meine Hand und zog mich zur Tür hinaus.

Ich meine mich zu erinnern, in den vor Nässe glänzenden Straßen jener Nacht Möwenschreie gehört zu haben. Vielleicht gab es sie in jenem Jahr ja noch, vielleicht waren sie aber schon damals nur eine schmerzliche Rückbesinnung, eine Zutat, die ich dem Seewind in der Rückschau angedichtet habe.

Sam führte mich durch das Labyrinth der Gassen, zwischen den dunklen, aus Schiefer erbauten Häusern hindurch, die schon in jener Zeit zum großen Teil leer standen. Er sagte kein Wort, auch nicht, als wir hinunter zum alten Hafen kamen und dem Weg entlang der Mole folgten, bis zu seinem im Seewind hingeduckten Cottage.

Drinnen war ich es, die schließlich das Schweigen brach. »Sommersprossen schmiegen sich bei der Paarung eng aneinander und betasten sich mit ihren winzigen Fühlerpaaren«, flüsterte ich, als er mich auf sein Bett zog. Die ganze Nacht hindurch nahm er sich Zeit, den Sternenhimmel meiner Haut zu vermessen und mir kleine Lieder vorzusingen.

Sam nahm sich Zeit, für alle Dinge, die er gerne tat.

Das Vorspiel der Sprossenpaarung kann bis zu drei Tage und drei Nächte andauern. In dieser Phase des Lebenszyklus der Epheliden werden auch deren Wirte von plötzlicher, unstillbarer Sehnsucht erfasst und verlieben sich, ohne Rücksicht auf bisherige Bindungen und Sicherheiten oder gesellschaftliche und kulturelle Hürden. Ich wusste es damals nicht, doch ich weiß es jetzt: Diese Nacht war keiner meiner Selbstversuche. Sie war das echte, das wahre Leben.

Samuels hervorragendste Charaktereigenschaft war seine Freundlichkeit. Auch wenn er heute nicht mehr bei mir ist, so spüre ich ihn doch. Durch ihn bin ich schließlich, nach unendlich langen Jahren, meiner gesprenkelten und getüpfelten Seele so nahe wie möglich gekommen.

Es ist nicht leicht, Ihnen diesen Zustand zu beschreiben, der den meisten von Ihnen fremd sein dürfte, doch ich will auf Ihre Vorstellungskraft vertrauen: Ich lebe seither in einer ungezähmten inneren Welt. Ich durchstreife eine bemooste und borstige, eine gefiederte, schartige und zottelige Wildnis, in der sich mannigfaches Leben tummelt, eine Wildnis, wie es sie einst auf unserem Planeten im Überfluss gab.

Dies alles aus dem Mund einer der Nüchternheit verpflichteten Naturwissenschaftlerin zu hören, wird Sie vermutlich erstaunen, womöglich sogar irritieren oder verärgern – und doch, wenn Sie dazu bereit sind, tief in sich hineinzuhorchen und ganz ehrlich mit sich selbst zu sein, ja dann werden Sie, verehrte Leserschaft, es sich am Ende doch eingestehen:
All diese Dinge entbehren nicht
einer gewissen Poesie.

Die Fenggin

JASSI ETTER

ES WIRD ERZÄHLT, dass es sich so oder ähnlich zugetragen hat. Genau lässt es sich nicht sagen, da die Geschichte von Mund zu Ohr gewandert ist, immer weiter. Und jede Person, die die Sage unter neue Menschen brachte, hat ein bisschen ihrer eigenen Fantasie hinzugefügt. Bis nun schließlich diese Version an mich herangetragen wurde.

Wir befinden uns in Vorarlberg, dem westlichsten Bundesland Österreichs, und zeitlich etwa einhundert Jahre in der Vergangenheit.

AMREI WAR DIE TOCHTER von Josef und Gerda. Amrei, was für ein ungewöhnlicher Name, denkt ihr euch vielleicht. So geheimnisvoll ist es dann doch nicht, es ist lediglich die Kurzform von Annemarie.

Amrei lebte also mit ihren Eltern in einem kleinen Häuschen in den Bergen. Geld war nie viel da, doch glücklicherweise waren dem Paar weitere Kinder verwehrt geblieben und es gab nur das Mäulchen von Amrei zu stopfen. Die aß nicht viel, war zierlich gebaut und genügsam in allen Dingen. Worüber sich niemand beklagte, vor allem nicht Josef und Gerda.

Die Geschichte beginnt an einem viel zu warmen Sonntag Ende Juni. Wie gute Leute das damals so machten, legten Amrei und ihre Eltern ihr schönstes Gewand an und gingen hinunter ins Tal zur Kirche. Sie dankten Gott und der heiligen Maria für Dinge, die sie eigentlich selbst geleistet hatten, und waren bis zum Mittag wieder daheim.

Kurz vor der Haustür blieb Amrei stehen. Ihr Gesicht war gerötet vom Aufstieg und der Sonne. Das lockige braune Haar war, obwohl in der Früh gekämmt, bereits wieder zerzaust und unordentlich. Der Vater sah seine fast erwachsene Tochter an. »Sprich, Kind! Was liegt dir auf dem Herzen?«

»Ich möchte heute so gerne einen Kuchen backen. Wir haben alles im Haus, nur frische Beeren fehlen. Ich würde noch rasch zum Waldrand laufen, wo die Heidelbeeren wachsen, und ein paar Handvoll sammeln.«

Der Vater nickte zustimmend und ging mit der Mutter weiter, während Amrei auf dem Absatz kehrtmachte und Richtung Wald hopste. Ja, sie hopste, denn sie war eine aufgeweckte junge Dame, an der wohl ein Bub verloren gegangen war, so munkelten zumindest die Nachbarn.

Kurz darauf waren Amreis Finger rot vom Beerensaft und die Heidelbeeren in ihr Taschentuch gewickelt. Da würde die Mutter keine Freude haben, denn die Flecken ließen sich nicht gut aus dem Stoff herauswaschen. Amrei hoffte, sie mit einem guten Kuchen besänftigen zu können.

Sie streckte ihren Rücken durch und in dem Moment knackte es im Unterholz. Für einen Augenblick dachte Amrei, ihr Rücken hätte dieses grauenvolle Geräusch von sich gegeben, aber dann knackte es erneut.

Mutig, wie sie war, rief sie in die Schatten hinein: »Lass dich blicken! Wer versteckt sich da so feige?«

Erst war es still, dann dröhnte ein Kichern aus der Dunkelheit des Waldes. Amrei erschrak, ließ das Taschentuch mit den Beeren fallen und raffte ihre Röcke zusammen. So schnell ihre Beine sie tragen konnten, rannte sie weg, nur um ein paar Meter weiter stehen zu bleiben. »Nein, so was aber auch«, murmelte sie. »Ich lass mir doch nicht meine Beerenernte wegen so einem lächerlichen Geschnatter entgehen.«

Trotz ihres klopfenden Herzens drehte sie um zu der Stelle, an der sie gerade noch gestanden hatte. Das Taschentuch mit den Heidelbeeren war fort. Sie machte ein paar Schritte nach links, dann ein paar nach rechts – aber keine Spur von dem weißen Stofffetzen. Hier ging es doch nicht mit rechten Dingen zu!

Aber es wäre nicht Amrei gewesen, hätte sie die Sache einfach auf sich beruhen lassen. Kurzerhand stieg sie über die Heidelbeersträucher und in den dunklen Wald hinein.

Es war kalt, da das Sonnenlicht nicht durch die dichten Baumkronen zu dringen vermochte. Umgeben von Schatten fröstelte sie.

»So, nun zeig dich endlich! Bist du ein Butzemann oder ein Walsermännle? Du machst mir jedenfalls keine Angst. Mein Taschentuch hast du und meine Beeren noch dazu. Also rück sie raus und ich lass dich in Ruhe!«

Das Kichern umgab sie nun von allen Seiten und Amrei drehte sich im Kreis, konnte aber nichts und niemanden erkennen. Ihr Herz schlug noch ein bisschen schneller, als wolle es sie zur Flucht antreiben, aber ihre Störrigkeit ließ sie verharren. Ihre Eltern hatten ihr schon oft gesagt, dass ihr dieses Verhalten eines Tages zum Verhängnis werden könnte, aber so war sie nun mal, die wilde Amrei.

Plötzlich spürte sie einen Atemhauch in ihrem verschwitzten Nacken und alle Härchen stellten sich auf. Sie wagte nicht, sich zu rühren, und zählte lautlos bis zehn. Dann biss sie sich auf die Unterlippe und drehte sich ruckartig um. Vor ihr stand eine Gestalt, deren Gesicht einen ähnlich erschrockenen Ausdruck hatte wie das eigene. Die Kreatur war gut einen Kopf größer als Amrei, hatte langes, unordentliches Haar, das aber im Gegensatz zu Amreis Haaren immer noch weniger zerzaust wirkte. Ihre Figur war schlank und hochgeschossen und die Kleidung schien aus Moos zu sein. Amrei war sich nicht ganz sicher, es könnte auch die Haut gewesen sein, die aus Moos bestand. Das Gesicht jedenfalls war von einer gräulichen Farbe und erinnerte Amrei an den Nachbarsjungen Edi, der nach einer Grippe wochenlang diese eigenartige aschfarbene Ausstrahlung zur Schau getragen hatte.

Amrei riss sich zusammen und versuchte, nicht zu blinzeln, aus Angst, dass die Gestalt sie entweder angriff oder verschwand. Und beides war ihr nicht recht.

Schließlich fand sie ihre Sprache wieder, wenn auch mit einem Stottern: »Bist du eine Fenggin?«

Amrei kannte natürlich die Geschichten vom Nachtvolk, das man in der Gegend Fengga oder Rutschifengga nannte. Nun also stand unsere Amrei vor einem solchen Wesen und fragte es doch geradeheraus, ob es eine Fenggin war. Das Wesen blieb beinahe reglos stehen, spitzte lediglich die Lippen und hauchte noch einmal einen dieser unheimlichen Atemzüge in Amreis Richtung. Dieses Mal traf die Luft direkt auf Amreis Mund, die die Lippen fest aufeinanderpresste, um bloß keinen Teufel in ihren Körper fahren zu lassen. Das Geräusch des Atems ließ sich am ehesten mit einem Windzug im Herbst vergleichen, der stets von einem leisen Rascheln aufgewirbelter Blätter begleitet wird. Es fühlte sich beinahe wie ein Kuss an und Amrei schloss erwartungsvoll die Augen.

Als sie sie wieder öffnete, war die Fenggin verschwunden. Jetzt nahm Amrei ihre Beine aber wirklich in die Hand und rannte bis zum Haus ihrer Eltern, wo sie kurz darauf ohne Taschentuch und ohne Heidelbeeren ankam. Vater und Mutter sahen sie nur fragend an, als sie außer Atem die Tür schloss und sich dreimal bekreuzigte.

Als Amrei erzählen wollte, was geschehen war, brachte sie jedoch kein Wort heraus. Ihre Stimme war mit einem leisen Wunsch weggeflogen. War nun bei der Fenggin, die ihr im Tausch etwas anderes dagelassen hatte, das sich erst in den kommenden Wochen und Monaten ganz zeigen würde.

AN JENEM ABEND BEGLEITETE die Mutter sie ins Bett, wie sie es seit Jahren nicht mehr getan hatte. Dort schlief Amrei bis zum nächsten Morgen traum- und reglos.

Als sie im Licht der ersten Sonnenstrahlen ihre Augen aufschlug, schien ihr die unheimliche Begegnung mit der Fenggin schon nicht mehr so wirklich, und womöglich war es doch nur Einbildung gewesen.

Sie setze sich auf und etwas Weiches fiel über ihr Gesicht auf ihre Schultern. Es waren Haare. Ihre Haare. Sie griff sich an den Kopf und fühlte kurze Stoppeln unter ihren Fingern. Das lose Haar wickelte sich um ihre Finger wie ein Spinnennetz. Irgendjemand hatte ihr das im Schlaf angetan. Tote Strähnen lagen auf dem Kissen.

Sie wollte einen Schrei herauslassen – aber es kam kein Ton aus ihrem vor Angst weit aufgerissenen Mund. Eilig stand sie auf und rannte zum kleinen Spiegel im Flur. Tränen rannen ihr über die Wangen, während sie sich betrachtete. Das Haar war so kurz, dass es sich nicht einmal mehr lockte, und der Anblick war irgendwie grausam und schön zugleich. Sie spürte ihr Herz einen kleinen Hüpfer machen. Sie mochte es, sogar sehr. Langsam schlich sich ein Lächeln auf ihre Lippen.

Sie machte sich fertig, um mit den Eltern zu frühstücken, bevor sie zusammen aufs Feld zur Arbeit gehen würden. Diese blickten erschrocken hoch beim Anblick ihrer Tochter. Sie versuchte ihnen mit Gebärden zu verstehen zu geben, dass sie sich die Haare nicht selbst abgeschnitten hatte. Die

Mutter weinte daraufhin und der Vater sagte, er würde ein Ave-Maria beten und hoffe, dass danach kein Butzemann mehr in ihr Haus eindringen könne. Sicherheitshalber streute er noch großzügig Salz auf alle Fensterbänke.

Tag um tag und woche um woche verging, ohne dass Amrei nächtlichen Besuch erhielt. Sie sprach noch immer nicht und es war auch etwas anderes im Gange, etwas veränderte sich. Ihr Körper. Amrei aß mehr, ihr Appetit war schlicht größer und ihre Gliedmaßen wurden muskulöser, sehniger. Sie hatte sogar das Gefühl, dass ihre Brüste kleiner geworden waren, denn ihre Kleider warfen dort Falten und spannten dafür an anderen Stellen. Sie hatte ein bisschen Angst, aber im Großen und Ganzen kam ihr diese Wandlung ganz recht. Sie konnte härter arbeiten, schneller laufen und ihre lästige Monatsblutung war seit jener Begegnung mit der Fenggin ausgeblieben. Nur ihre Eltern sorgten sich nach wie vor. Aber Amrei fühlte sich so wohl in ihrer Haut, wie sie es bisher noch nie getan hatte. Und nicht zum ersten Mal in ihrem Leben fragte sie sich, wie es wohl gewesen wäre, wenn sie als Bub zur Welt gekommen wäre. Es hätte sich einfach richtiger angefühlt. Diese Gedanken verwirrten und beglückten sie gleichzeitig auf eine Weise, die ihr Herz beinahe zum Bersten brachte.

Amreis Eltern schleppten sie nun jeden Morgen vor der Arbeit in die Kirche, um zu beten, dass dies alles ein Ende haben möge und sie wieder die Alte werden würde. Schließlich habe sie bald ein Alter erreicht, in dem sie sich um einen Ehemann bemühen konnte, was in ihrem jetzigen Zustand sicher ohne Erfolg bleiben würde. Der Vater meinte, dass sogar der blasse Edi vor ihr davonlaufen werde beim Gedanken, sie zu ehelichen.

Es war an einem Freitagabend nach 18 Uhr, das Ave-Maria-Läuten der Kirche im Tal war gerade verstummt, als Amrei einen Entschluss fasste. Sie nahm die Kleidung ihres Vaters und entschuldigte sich in Gedanken dafür. Dazu stahl sie einen halben Laib Brot. Noch ehe der Morgen graute, machte Amrei sich auf und ließ ihr Elternhaus hinter sich. An der Straße im Tal konnte sie eine Kutsche anhalten und mit bis nach Bregenz fahren, von wo aus sie weiter nach Lindau gehen wollte. Das sei zu Fuß möglich, erklärte ihr der Kutscher unterwegs, der sie ständig mit »Bub« ansprach und der sehr langsam mit ihr redete, da sie selbst sich nur in Gebärden verständigte. Es war ihr im Dorf schon aufgefallen, dass alle sehr viel langsamer mit ihr sprachen, als ob sie nicht alles verstehen würde, wenn sie es in gewohnter Geschwindigkeit taten. Dabei war mit ihrem Gehör alles in Ordnung. Es war nur ihre Kehle, die von einem unsichtbaren Band zugeschnürt war und aus der kein Ton mehr kam.

IN LINDAU ANGEKOMMEN, fand sie Arbeit bei einem Schmied und konnte dort ihren Lohn für eine warme Mahlzeit und ein Bett eintauschen. Der Schmied fand ihre Gesellschaft angenehm, er war selbst kein großer Redner und genoss die geteilte Stille. Da sie ihren Namen nicht nennen und auch nicht schreiben konnte, blieb sie für alle in der Stadt der Bub und sie hatte ihr Lebtag lang nicht das Bedürfnis, jemanden dabei zu korrigieren.

MANCHMAL IN DER NACHT, wenn sie die Augen nicht ganz geschlossen hatte, meinte sie an ihrem Bettende jemanden zu erspähen. Die unheimliche Fenggin, die reglos dastand und sie betrachtete. Die kein Wort sagte und Augenblicke später verschwunden war. Amrei hätte diese Besuche für einen Traum gehalten, wenn nicht jedes Mal am Morgen danach ein paar Brösel Dreck und Moos neben ihrem Bett am Boden gelegen hätten.

Mantelsaum und Weltentraum

Michael Schwendinger

Licht schmerzt mir in die Augen, fällt blank und weiß vom Firmament herab. Die Brombeerbüsche sind davon verschluckt, keine Schatten, keine Dornen mehr. Ferne Hügelkuppen vermählen sich mit grellem Nichts, jeder Umriss ausgetupft und weggeflutet. Ich sehe die Klippe nicht länger vor mir, den Abgrund, die Tiefe.

Nur noch den Teppich aus Licht.

Im Zimmer meines Grossvaters roch es nach Unendlichkeit. Schon immer.

Ein Duftgemisch aus Leder, Pergament und dem angedunkelten Fichtenholz der Bücherregale. Als Kind fragte ich mich oft, ob es überhaupt möglich sei, all die Seiten in einem Menschenleben zu lesen. Ich solle es selbst herausfinden, meinte Großvater. Ein Lächeln erstrahlte sein ganzes Gesicht, schuf noch mehr Falten und erglänzte seinen Blick.

So nahm ich mein erstes Buch in die Hand, befühlte den abgegriffenen Einband und schlug es vorsichtig auf, als könnte es jeden Moment zu einem Häufchen Staub zerfallen. Ich blätterte, lauschte dem Rascheln der Seiten wie einer Sehnsucht, die ich noch nicht kannte und die aus der Tinte zu mir sprach.

Ich sah die Bilder, mit geübter Hand gezeichnete Kreise und Linien, schwarz und blau und rot gefärbt. Großvater erklärte mir die gezeigten Gestirne und den Umlauf der drei Monde. Auch dass gelegentlich Donnerkeile vom Himmel stürzten, Stein gewordene Boten aus der Dunkelheit, aus der Stille. Ich fragte, wo sie zu Hause seien, von irgendwoher müssten sie doch kommen.

Aus dem Mantelsaum der Ewigkeit, antwortete er.

Seitdem wollte ich ihn ausschütteln, diesen Saum, auf

dass herausfallende Lichtsplitter mir einen Pfad ergeben und mich zu den Sternen führen.

»FURCHT IST DER VORBOTE DES VERSAGENS«, sagte Großvater, bevor er die Augen für immer schloss.

Irgendwann versandeten meine Tränen und ich ging, ihn im Herzen, hinaus in die Welt.

Dörfer, Städte, Mauern, Brücken.

Menschen, Männer, Frauen, alt und jung.

Manche mit gesenkten Häuptern, manche mit hochgereckten Nasenspitzen. Doch andere zu Freunden geworden, wenn ich in die Fremde weiterzog.

Einmal wollte jemand, dass ich bleibe, sagte kummervoll: »Du wirst dich verändern.«

Ich nickte und nahm ihn in den Arm.

Ohne Veränderung bleibt Stillstand, ein Mühlstein, der sich dreht und doch nicht von der Stelle kommt – bis er sich selbst zerrieben hat.

Ich folgte den Gestirnen bei Tag, die wärmenden Sonnenstrahlen auf der Haut, folgte den Gestirnen in der Nacht, vom dreifachen Mondlicht beschienen, alles in silberne Milch getunkt. Manchmal zogen Donnerkeile schmale Striche am nachtschwarzen Himmel, ehe sie verblassten. Dann dachte ich an Großvater und seine Bücher, das Wissen herzte ich längst in mir. Ich hatte sie sorgsam veräußert, wollte, dass andere Menschen sich am Licht erfreuten.

Doch jenes allererste Buch gab ich ihm auf der Brust mit ins Grab, samt zwei Tränen. Eine aus Trauer, eine aus Freude.

Die Landschaften änderten sich, Ebenen türmten sich zu Bergen auf, Flüsse weiteten sich zu Seen, Wälder versanken in Sümpfen. Nur um das Spiel in entgegengesetzter Richtung fortzuführen.

Am Firmament gebiert die Nacht den Tag, Wolken ballen sich zusammen, regnen ihre Lasten ab, lösen sich auf, formen sich erneut, Wind haucht, weht, brüllt, und verfällt wiederum in Schweigen.

Kreise, Kreisläufe, Mühlsteine.

Aber ein Kreis muss nicht fortwähren, wenn er eine Spirale ergibt.

DAS LEBEN MUSS NICHT ERMÜDEN.

Ich fühle Klarheit im Herzen, das Wache, auch wenn ich wohl drei Leben gelebt habe. Mein Körper hat genug davon, er war ein gutes Gefäß. Geborgenheit, die mich nie verlässt, sich nur wandelt.

Ich sitze an Großvaters überwuchertem Grab. Ohne Furcht, wie er es sagte.

Licht schmerzt mir in die Augen, fällt blank und weiß vom Firmament herab. Die Brombeerbüsche sind davon verschluckt, keine Schatten, keine Dornen mehr. Ferne Hügelkuppen vermählen sich mit grellem Nichts, jeder Umriss ausgetupft und weggeflutet. Ich sehe die Klippe nicht länger vor mir, den Abgrund, die Tiefe.

Nur noch den Teppich aus Licht.

Ich erhebe mich, mache den letzten Schritt in die Leere.

Finde Halt im Schimmer, ewiges Gewässer, schwimme zu den Sternen.

Das Muster

Jules B. Asches

L INIEN DURCHZOGEN DAS BILD, dann herrschte Schwärze, wo eben noch das Rot des Staubsturms zu sehen gewesen war.

Ein stockender Atemzug; Dolores' taube Finger glitten vom Rand des Monitors auf den Arbeitstisch. Sie rutschte tief ins Polster ihres Stuhles, presste die Handflächen auf die Ohren, aber das Klingeln darin wollte nicht verstummen. Der letzte, verrauschte Funkspruch spukte in Endlosschleife durch die Windungen ihres Hirns: *Was ist das, D.?*

Ja, was war dort gewesen? Was hatte die Helmkamera ihrer Kollegin Eden zuletzt aufgezeichnet? Den Weg, der zur Messstation nahe der Einschlagstelle führte. Die üblichen Entladungen, die wie Blitze über die meteoritengemachte Kluft im sandigen Gesicht des Mars zuckten. Dann einen Blick in die Schwärze hinab, aus der elektromagnetische Funken emporglommen wie unzählige Augenpaare.

He, siehst du das? Dolores' Nasenspitze hatte den Bildschirm beinahe berührt und doch hatte sie beim besten Willen nicht erkennen können, was Eden in der Finsternis ausgemacht haben wollte. *Da unten rührt sich etwas. Da unten … Himmelherrgott! Was ist das, D.?*

Was ist das, D.?

Die einzige Bewegung, die jetzt noch auf Dolores' Monitoren auszumachen war, war die der hektisch tanzenden Messkurve des Radioteleskops: Die elektromagnetische Strahlung hatte längst ein nie da gewesenes Maß erreicht. Kein Sonnensturm, keine Materieverlagerung. Trotzdem waren die Kommunikationswege zur Erde vor Tagen zusammengebrochen, und nun auch das Netz vor Ort.

Mit zitternden Fingern kämmte sich Dolores durchs Haar und schnaubte. Unter anderen Umständen hätte sie sich wohl kaum Sorgen um Eden gemacht – Funkinterferenzen nahe der Einschlagstelle waren schließlich nichts Ungewöhnliches –, doch in letzter Zeit hatten sich wieder und wieder eigenartige Muster in den Messergebnissen abgezeichnet. Muster, die zu studieren eine unerträgliche Unsicherheit in Dolores heraufbeschwor. Muster, die sie sich mit nichts erklären konnte, die absichtsvoll erschienen und sie, aller Abwegigkeit zum Trotz, an einen Morsecode denken ließen.

Was, wenn man sich geirrt hatte? Was, wenn in den Tiefen der Kraterspalte doch etwas schlummerte, das damals mit dem Meteoriten abgestürzt war und nun mit ihnen zu kommunizieren versuchte? »Scheiße.« Warum hatte Dolores diese wahnwitzige Vermutung nicht für sich behalten können? Jetzt wollte sie sich am liebsten dafür ohrfeigen, dass sie sie beim Frühstück ausgesprochen hatte.

Natürlich hatte Eden sie für verrückt erklärt und darauf bestanden, die Sensoren zu prüfen … Und nun? Nun hatte Dolores ihre Kollegin verloren.

Kalter Schweiß rann ihr über den Nacken.

»… verloren!«

Mühevoll in den Schlaf gewiegte Erinnerungen reckten und streckten sich, alte neuronale Verbindungen wurden befeuert, Dolores wurde schwindlig. Das statische Rauschen im Funkkanal wandelte sich zum durchgehenden Piepen eines Herzmonitors. In den Bildschirmen vor ihr spiegelten sich nicht länger die Leuchten an der Decke ihres Forschungsmoduls, stattdessen war da für die Dauer eines Wimpernschlags ein Krankenzimmer; Blumen, Luftballons.

»Luftballons auf einem Grab? Wie geschmacklos, herrje!« Die erinnerten Worte verklangen genauso schnell, wie sie sich Dolores aufgedrängt hatten, doch der alte Schmerz, der

ihnen anhaftete, blieb. Blieb, wie die Angst vor Trennung, die sich Jahre zuvor in ihr festgefressen hatte und längst ein unauslöschlicher Teil von ihr geworden war. Dolores konnte keinen weiteren Verlust akzeptieren – würde Edens nicht hinnehmen.

Fingernägel schlugen einen gehetzten Takt auf der Tischplatte. »Beruhige dich, Lore«, schalt sie sich selbst. Da draußen war nichts. Nur ein Übermaß an Energie – ein Seitenblick gen Luftschleuse, schon wand sich ein Knoten in ihre Därme – und ein Haufen Felsbrocken, über die man stolpern und an denen man sich den Schädel spalten konnte. Oder ein bodenloses Loch, in das man stürzen konnte. »Verdammte Scheiße!«

Seit ihrer Ankunft hatte Dolores die Forschungsstation nicht verlassen – fünf Jahre hatte sie sich hinter ihren Schreibtisch geklemmt und die Auswertung der Daten vorangetrieben. Andere im Korps hatten stets die Feldforschung übernommen. Doch jetzt, kurz vor dem vollständigen Besatzungswechsel, hielten nur noch Eden und sie selbst die Stellung.

Mit einem Seufzen stieß Dolores sich von der Tischkante ab, die Rollen des Stuhls klapperten laut über den Boden. Ging ein Kollege im Feld verloren, dann griffen Protokolle. Keines davon sah vor, dass sie nun ihren Posten verließ, doch ihre Befürchtungen und das Enigma eines unmöglichen Musters überschrieben sie allesamt.

Die hydraulik surrte. Eine Computerstimme kündigte über Kopfhörer den folgenden Druckausgleich an. Dolores ballte die Hände zu Fäusten, hielt reflexhaft den Atem an. Im Raumanzug plagte sie ein klaustrophobisches Gefühl, das selbst die Enge des Habitats mit einem Mal weitläufig erscheinen ließ. Doch einen Rückzieher zu machen, kam nicht infrage.

»Druckausgleich abgeschlossen.«

Schon öffnete sich die Luftschleuse mit einem Zischen. Dahinter lag dieselbe karge Landschaft, die Dolores jeden Tag durch das Sicherheitsglas gesehen hatte: Der Sturm war abgeflaut; gedämpftes Licht verwischte die sandigen Hügel und zerklüfteten Felsformationen nahe dem Horizont zu einem blutroten Fiebertraum. Minus achtzig Grad drangen lediglich als sachte Ahnung durch das Gewebe des Anzugs.

Ein erster Tritt auf befremdlich weichen Untergrund.

Im Habitat wurde die Anziehungskraft des Heimatplaneten simuliert, hier draußen jedoch hielt Dolores kaum etwas am Boden. Dennoch hing eine unerklärliche Schwere in der Luft: ein Druck, der aus ihrem Inneren statt von außen zu stammen schien, der ihren Schädel pochen ließ und ihre Schwindelgefühle verstärkte.

Sicher nur Einbildung.

»Komm doch mal mit raus. Es ist wie Tanzen, D., reizt dich das nicht?« Ein weiteres Echo eines längst vergangenen Gespräches, so deutlich, als stünde Eden direkt neben ihr. Irgendetwas Fremdes schien die Worte aus den staubigsten Winkeln ihres Verstandes hervorzuziehen …

Dolores schauderte, dennoch setzte sie sich in Bewegung und tatsächlich: Sie glitt förmlich dahin. Die dünne Luft bot kaum Widerstand. Was für ein faszinierendes Gefühl. Es hatte wenig mit den Trainingssimulationen gemein, die sie hatte durchlaufen müssen. Millionen von Kilometern vom Heimatplaneten entfernt, wies die Schwerelosigkeit eine ganz andere Qualität auf: Wäre da nicht dieses ungute Druckempfinden gewesen, Dolores hätte sich gelöst gefühlt – zum ersten Mal seit Langem.

»Okay, ja, ein bisschen wie tanzen«, murmelte sie. Eden hatte recht gehabt, das würde sie ihr sagen, sobald sie sie gefunden hatte.

Die nächsten Schritte trugen Dolores rasch vom Eingang der Forschungsstation fort. Sie wagte nur einen einzigen zögerlichen Blick zurück, doch der bannte sie fest: Der Himmel war gleichermaßen schön wie fremdartig; weit über den glänzenden Kuppeln des Habitats verwusch sein Orange zu Violett und schließlich zum sanftesten Hellblau, das sie je gesehen hatte. Faszinierend, und doch fehlte ihm etwas, diesem Himmel …

»Es kann nicht sein, dass dir nichts von zu Hause abgeht, D.! Irgendetwas? Ich kann es kaum mehr erwarten, frische Luft zu atmen, ein Bad zu nehmen, in der Sonne spazieren zu gehen …« Wieder grub sich eine unscheinbare Eingebung in Dolores hinein, wie ein Dorn in einen Finger; wurde Teil einer Ausstellung sorgsam kuratierter Gedanken, die dazu bestimmt schienen, ihr eine Reaktion nach der anderen zu entlocken.

»Die Wolken. Ich vermisse die Wolken«, antwortete Dolores Edens Erinnerungsstimme. *Sie saß im Garten. Allein. Legte den Kopf in den Nacken und starrte vor sich hin. Watteweiche Schäfchenwolken zogen über einen Himmel, der so tiefblau war, dass sie sich unwillkürlich seine Weiten vorzustellen versuchte. Atmosphärische Höhen, ebenso ungreifbar wie Dolores' ungebrochener Wunsch, dort hinaufzugelangen. Dorthin, wo die Luft so dünn war, dass sie ein Klagen nirgendwo hintragen konnte.*

Wolken. Wolken hin oder her, auf Erden gab es nichts mehr für sie. Erst die Aufnahme ins Forschungsteam hatte ihrem Leben wieder Sinn gegeben. Deshalb hatte sie in den letzten Jahren alles darangesetzt, den regulären Besatzungsablösungen zu entgehen. Sie gehörte hierher. Es war ihre Bestimmung, die Wunde in der Planetenhülle zu erforschen. Eine Verletzung, die Dolores an ihre eigene erinnerte. Doch anders als ihre persönliche Instabilität bedrohte die des Mars nicht eine, sondern zehn Milliarden Seelen. Der Meteoriteneinschlag hatte die seismische Aktivität des Planeten drastischer verändert, als es je für möglich gehalten worden war, und ein magnetisches Feld erzeugt, von dem Magnetstürme ausgingen, die unberechenbarer waren als die solaren. Ohne Frühwarnung und Vorbereitungen konnten sie den Heimatplaneten in purem Chaos versinken lassen, die Transformatoren in den Stromnetzen überhitzen, Satelliten und Flugzeuge abstürzen lassen. Dolores' Arbeit schützte Leben – ein Gedanke, in dem sie fast immer Trost und Fokus fand; so auch jetzt.

»Reiß dich zusammen, Lore!« Sie durfte nur nach vorn blicken, dort war Eden. Dort war das Muster – der drohende Ruf aus der Tiefe, der sich weigerte, ignoriert zu werden: Längst brauchte Dolores keine Messkurve mehr, um ihn wahrzunehmen, er gab den Rhythmus ihres Pulses vor, wurde zu einem Flimmern am Rande ihres Blickfelds.

Die roten Warnleuchten am Turm der Messstation kamen in Sicht, bald war auch die Kluft zu erkennen.

Ein ahnungsvoller Schauer überlief Dolores: Aus dem dunklen Schlund, der stets ruhig dagelegen hatte, entstieg ein verzerrender Nebel, ein rätselhafter Dunst schimmernder Partikel; und dort, direkt am Abgrund, inmitten des widernatürlichen, hypnotischen Flirrens, hockte da nicht eine Menschengestalt auf einem der Felsen?

»E–Eden?«

»Do...res? –itte komm'n! Bi–ist du d..., D.?« Dann wieder statisches Rauschen.

Die Härchen auf Dolores' Armen richteten sich auf. »Ed–!«

Ein schriller Piepton unterbrach sie jäh, ließ sie zusammenfahren. Die Anzeigen auf dem Visier ihres Helms sprangen von Gelb auf Dunkelrot, die Messgeräte des Raumanzugs schlugen Alarm – zu spät.

Ein Dröhnen, ein Beben, dann erfüllte eine gewaltige Energieentladung die Luft. Lichtblitze zuckten am Firmament. Es regnete silberblaue Funken. Die freigesetzten Kräfte waren enorm genug, um in Form plötzlicher Hitze selbst durch den Stoff der Schutzkleidung zu dringen.

Dolores schrie auf, warf sich auf die Knie, robbte hinter einem Felsen in Deckung. Schützend riss sie die Hände über den Kopf. Unter ihren Beinen schüttelte sich der Planet, als plane er, ein neues felsiges Maul aufzutun, um sie zu verschlucken.

Donner? Donner vor dem Blitz?

Schon schoss ein weiteres gleißendes Licht über den Himmel; dann noch eines ...

Dolores wagte kaum zu atmen. Während die Sekunden zäh dahinflossen, sickerte in ihre Regungslosigkeit einmal mehr Vergangenes hinein: *Wärme und der Wohlgeruch frisch gepflückter Flockenblumen. Das letzte gemeinsam erlebte Gewitter. Ein furchtstarrer Kinderkörper, der sich nah an sie drängte, eine Rotznase, die am Ärmel ihres Hemdes abgerieben wurde, und leise Laute des Protests, als sie ihrer Tochter versicherte, dass es nichts zu befürchten gab. »Nur ein kleiner Streit zwischen warmer und kalter Luft, mein Schatz. Viel Lärm um nichts.«*

Nur ein kleiner Streit zwischen einer Realität, die Dolores zunehmend blasser vorkam, und den Szenen der Vergangenheit, die bei jeder Gelegenheit aus ihr herauszubluten schienen, wie diese fremdartige Energie aus dem Kraterspalt und das Grollen aus dem Weltkörper.

Dann Stille. Der Spuk war ebenso schnell vorüber, wie er begonnen hatte.

Dolores blinzelte, doch es blieben blinde Flecke, die sich über die Landschaft legten, über die fahlen Gesichter der beiden Monde, die starr am Horizont hingen, und die Gestalt, die unverändert dicht am Abgrund saß, gefangen in etwas, das an Hitzeflimmern erinnerte. »Eden!?«

Keine Reaktion, doch mittlerweile war mit Sicherheit der weiß schimmernde Stoff eines Raumanzugs zu erkennen; umgeben von rotem Staub und kaum berührt vom rhythmischen Aufglimmen der Warnleuchten der Messstation ließ er seinen Träger wie ein Phantom wirken.

Dolores hielt sich an der Erscheinung fest, kämpfte sich wieder hoch, stolperte auf wachsweichen Beinen voran. So unweit der Einschlagstelle erfüllte ein dauerndes Knistern die Luft; nahm mit jedem Schritt an Intensität zu. Dolores verbot es sich, länger über die Wucht der letzten Entladungen nachzudenken, geschweige denn über die Konsequenzen, die es haben mochte, sich noch näher an deren Ursprungsort heranzuwagen. Es half, dass ein unerklärlicher Sog von dem Spalt ausging, dem sie sich entgegen aller Furcht und Vernunft kaum entziehen konnte. Und dann endlich erkannte sie eine blockige schwarze Acht auf dem Rückentank des Astronauten – Edens Nummer.

Erleichterung und neuer Mut. »Eden! Wir müssen hier weg!«

Drehte ihre Kollegin dem Ruf folgend den Kopf? Durch das Flirren in der Luft war es schwer zu erkennen. Schon saß sie wieder abgewandt da, deutete voraus? Der nächste

Funkspruch klang glasklar: »*Warte! Siehst du das, D.? Was zum Teufel ist das?*«

»Dieses Flimmern?«, antwortete Dolores und schnaufte. Der Untergrund wurde immer unebener, sie musste über versprengte Felsbrocken steigen und kam nur noch langsam voran.

»*Nein, schau hindurch. Darunter ... weit darunter. Kannst du sie wenigstens hören?*«

»Hören?! Was soll ich –«

»*Pst! Ich verstehe sie kaum, wenn du so laut atmest. Wenn du ganz leise bist, dann ...*«

Dolores lauschte. Unter ihren gedämpften Schritten – ein Wispern. Das Knacken weiterer Entladungen in der Tiefe? Oder doch Worte?

Unmöglich!

Endlich erreichte sie Eden, legte eine behandschuhte Hand auf deren Schulter und griff behutsam zu. »Alles okay? Bist du in Ordnu–?«

Der Körper ihrer Kollegin gab dem sachten Druck nach, kippte zur Seite, rutschte vom Felsbrocken, auf dem sie gesessen hatte. Ein dumpfer Aufprall, aufwirbelnder Staub, ein zersplittertes Visier. Blutunterlaufene Augen starrten durch Dolores hindurch, lichtlos und leer; starrten ihr aus einem Leichengesicht entgegen, strahlenversengt, von Angst gezeichnet und mit rotem Schaum vor dem Mund. Eden musste gestürzt sein, hatte ihren Helm beschädigt und ...

»Nein, das kann nicht sein!« Dolores' Herz krampfte in der Brust. Aber wem hatte sie dann gerade geantwortet?

»*Alle weg vom Patienten! Drei, zwei, eins.*«

Wurde sie wahnsinnig?

»*... haben sie verloren! Todeszeitpunkt ...*«

Tränen brannten, bereit hervorzuquellen, da formten Edens blaue Lippen mit einem Mal Worte, spuckten lebendig erinnerte Sätze aus toten Zügen, blechern und verzerrt: *»Da unten … Himmelherrgott! Was ist das, D.?«*

Dieser Anblick drängte Dolores' Wut und Trauer zurück, zehrte den letzten Rest ihrer Fassung auf. »Ja, was ist denn da!?«, kreischte sie, eiste sich von dem grausigen Bild los, das ihre Kollegin bot.

Der Schwindel war beinahe übermächtig, doch der Sog war stärker, also wankte sie weiter, an ihrem ursprünglichen Ziel vorbei und wie mechanisch hin zum Rand des Bruches.

Ein durchgängiges Piepen der Messgeräte – eine Warnung voll Dringlichkeit, die von einer unerklärlichen Wärme in Dolores' Brust überschrieben wurde. Einer Wärme, die sie mit einem Mal furchtlos machte.

Dolores beugte sich vor, starrte hinab.

Was ist das, D.? Was ist das, D.?

In den Schatten fand sich Bewegung. Schemen. Waren da Leiber? Hände? Beine? Gesichter? Durch das Tosen des Windes erklangen tatsächlich rhythmische Laute aus der Tiefe, drängten mit jedem Herzschlag weiter in Dolores' Bewusstsein und ihren Verstand hinein: kein Muster, ein Lied. Eine Litanei in fremden Zungen?

Der Klang lullte sie ein. Er machte ihr den Kopf leicht, ließ sie die Schönheit des schillernden Nebels erkennen – *Ölflecke in den Pfützen vor der Einfahrt ihres Elternhauses* –, die des kühlen Lichts der kleinen Entladungen, das die Felsvorsprünge in der Tiefe in unwirklicher Schärfe nachzeichnete – *Stroboskoplampen, eine durchtanzte Nacht, Küsse in dunklen Ecken.* Und sie erspürte etwas Vertrautes: Etwas unendlich Wichtiges trieb weit unten im Gedärm der Kluft.

Etwas, das auf Dolores gewartet hatte, etwas, das sie geliebt hatte, das sie wieder lieben wollte ...

Ein Jammern. Fingerchen, die sich fest in Dolores' Nachthemd krallten. »Angst, Mama!«

Dolores hockte sich hin, klammerte sich an die Kante des Felssturzes. Sie wollte sich im bekannten Duft der Flockenblumen verlieren, der just zu ihr heraufstieg, im Lachen, das plötzlich von den Wänden in der Tiefe widerhallte, im Trippeln der Kinderfüße über das Fundament ihres blank geriebenen Geistes; und zugleich scheute ein kleiner, instinktgetriebener Teil ihrer selbst vor alledem zurück, bat sie, sich herumzuwerfen und zu fliehen.

Ein Auflachen, das ihrer Kehle entstammte und doch seltsam fremd klang – rau und fern. Es war immer dasselbe: Sie wollte weglaufen vor dem Gefühl des Verlustes, dem Schmerz des Erinnerns – und beides zugleich umarmen.

Erneut schüttelte sich der Planet. Wieder gebar der Kraterspalt Blitze.

Ein Weinen, dann weiteres Wimmern, das aus den Tiefen emporhallte und Dolores endgültig das Herz zerriss.

»Mama ist da, meine Kleine!«, rief sie ohne einen letzten Zweifel in die Finsternis hinab: Ihre Tochter war hier! Nein, unzählige Töchter und Söhne waren hier. Nicht hinter Wolken und Atmosphäre, in einem jenseitigen Himmel voller Sterne, sondern in den teerschwarzen Tiefen einer Schlucht. Nicht als Lichtgestalten, sondern als zuckende Schatten.

Dolores hatte nie gewagt, auf ein Wiedersehen zu hoffen, doch jetzt war da ein Trieb, ein Gefühl, die Essenz ihres Kindes, die sich aus der Tiefe streckte, heraufkroch, ihre Nähe suchte. Eine Nähe, mit der ein Sturm aus

Erinnerungen aufzog, an all die Tränen, die sie über die verpassten Chancen geweint hatte, die Liebe, die zu geben ihr verwehrt worden war, die Wut darüber, ihr Kind überlebt zu haben, und das nagende Gefühl der Schuld. Sie hatte alle bekannten Götter um Gnade angefleht, bereit, sich selbst für die bloße Aussicht auf Genesung zu opfern. Aber vielleicht hatte sie nicht inbrünstig genug gebetet, um erhört zu werden?

Der Boden unterließ sein Zittern nicht, das Krachen der Entladungen tönte ohrenbetäubend.

»Oh, mein tapferes Mädchen.« Ihre Tochter wagte sich aus dem Nebel, obwohl sie Donner und Blitz so fürchtete. Dolores musste sie trösten! *Ein Kopfstreicheln, warmer Atem im Haaransatz, ein gesummtes Schlaflied, gehauchte Küsse.* Mit bebenden Fingern löste sie den Verschluss am Kragen des Raumanzugs. »Es ist gut. Keine Angst, meine Kleine. Mama ist da.« Ein Klicken, ein Pfeifen; endlich ließ sich der Helm abnehmen. Der Schmerz, der Dolores befiel, war unbedeutend im Angesicht ihrer neuen Realität: Sie hatte ihr Kind wieder!

Schon vor dem ersten Atemzug eisiger, viel zu dünner Luft wuchs der Druck in ihrer Brust, ihrem Schädel und hinter ihren tränenden Augen, aber sie breitete die Arme aus, reckte sie der aufsteigenden Finsternis entgegen. Ihre Lunge brannte wie Feuer, die Kälte stach wie Nadeln in ihre Haut, das Blut in ihren Adern schien zu kochen.

Der Wind brauste über den Felssturz, doch Dolores nahm sein dumpfes Pfeifen kaum wahr. Sie lauschte allein auf das ferne Lied der Seelen, während das Wasser in ihren Augen und der Speichel in ihrem Mund … gefroren? Verpufften?

Ein wacher Geistesfunke: Hab Angst, rette dich!

Doch aus der Schwärze ergossen sich undeutliche Fußspuren in den Staub; da erschien ein Handabdruck, direkt neben ihr, schwerlich halb so groß wie ihr eigener und augenblicklich fast wieder fortgeweht.

Mit letzter Kraft reckte sie sich dennoch danach, verlor das Gleichgewicht, stürzte. Sie kämpfte gegen die Schwäche ihrer Muskeln an. Verlor. Blieb liegen; erblindet und mit einer Zunge zu glutheiß und taub für Worte. So nah am Ziel …

So nah …

Das Stupsen eines Fingerchens an ihrem Schlüsselbein. Der Druck eines kleinen, warmen Körpers, der sich an ihre Flanke schmiegte. Ein Gefühl, das jedes Leiden überstrahlte und ihr ein heiseres Schluchzen abrang.

Die Flockenblumen.

»Mama.« Wieder und immer wieder hörte sie dieses Wort, gesprochen von einer Stimme, die Dolores mehr liebte als ihr Leben. Nah an ihrem Ohr, in ihrem Kopf, längst tief in ihrem Geist; bis zuletzt hell und klar, obwohl selbst das Kreischen der Strahlungsmessgeräte in weißem Rauschen versandete.

Hunger-Atem-Los!

Dennis Hübel

> Fliegerkameraden, folgt mir, fliegt!
> Vor uns erstreckt sich die Unendlichkeit.
>
> Kasimir Malewitsch

ATEM – DAS WAR SEIN EINZIGER GEDANKE, als er die Augen öffnete und nichts sah, diese Wahrnehmung irritierte ihn, weil man immer etwas sieht, selbst wenn es dunkel ist, sieht man ja etwas, da es in unserer Welt der Energiesparlampen nie richtig dunkel wird, sodass von irgendwoher stets ein Lichtschein kommt, und auch da, wo keine sogenannte Lichtverschmutzung herrscht, ist es nicht stockfinster, sondern gibt es den Mond und die Sterne, die, wenn die Augen sich einmal an die Dunkelheit gewöhnt haben, zumindest schwach die nähere Umgebung erkennen lassen, doch hier sah er nichts, selbst nachdem er die Augen noch einmal geschlossen hatte, sah er, als er sie wieder aufschlug, nichts als Schwarz, so dicht, dass ihm scheinen wollte, es dränge wie Öl in seine Augen, seine Nase, seine Ohren, seinen Mund und ersticke seine Sinne, doch dem war nicht so, denn er konnte zwar nichts sehen, aber wenn er auch nicht viel wahrnahm, so hörte er doch seinen Atem und das leise Rascheln seiner Kleidung, wenn er sich bewegte, und er konnte sich selbst riechen, seinen Schweiß, den Acetongeruch seines Atems, etwas, das ihn an Sägespäne in einer Schreinerei erinnerte, und dumpfkühle Feuchte, die er mit Gartenarbeiten in Verbindung brachte, sodass er die Hände ausstreckte und überrascht feststellte, dass er nicht etwa in einem Bett lag oder gar in ein Brunnenbohrloch gestürzt war, sondern in etwas steckte, das glatte, saubere Wände hatte, an denen er sich zu orientieren versuchte, die er abtastete, oben, links, rechts und unter ihm, abklopfte und feststellte, dass es sich wohl um Holz handelte, und Hitze schoss in seinen Kopf, weil ihm aufging, worin er sich vermutlich befand, nämlich in einem Sarg, nur dass er sich keinesfalls erklären konnte, wie er da hineingeraten war, noch warum er in einem lag und noch lebte, und da zwang er sich mit Mühe ruhig zu bleiben, weil man in solch einer Kiste, noch dazu zwei Meter unter der Erde – und daran ließ die dumpfe Stille kaum Zweifel – ja nicht unbegrenzt Luft hat, vermutlich etwa eine Stunde, wenn er sich nicht zu viel bewegte, da hieß es, sparsam sein, tief atmen und die Luft so lange anhalten, wie es geht, ohne das Japsen anzufangen, was überraschend gut funktionierte, ja, fast war ihm, als brauche er kaum Luft, was ihn zusätzlich entspannte und ihn seine Lage überdenken ließ, die ausweglos schien, das aber nicht sein musste, denn er konnte sich bewegen und er fühlte, dass der Sarg ein billiges Kiefernholzmodell sein musste, denn genau das war der Geruch, den er wahrnahm, und er fühlte das sägeraue Holz unter seinen Fingerspitzen statt einer Auskleidung mit Taft, und er fragte sich, warum man ihn in einem Billigsarg unter die Erde brachte, obwohl er vor Jahren eine teure Sterbeversicherung abgeschlossen hatte, wobei er sich erinnerte, dass das, was in der Klinik »Menin-36« hieß und in den Medien »Grippe 3.0«, sie oftmals gezwungen hatte, die Toten rascher aus dem Keller an die Bestatter zu überweisen, was ihm auch passiert sein mochte, aber da fehlten Teile seiner Erinnerung und in der Schwärze vor seinen Augen fand er sie nicht wieder, nur dass er einen anstrengenden Tag gehabt hatte, mit vielen Patienten, die alle dieselben Symptome gezeigt hatten: Fieber, Sekretion im

Nase-Rachen-Bereich, Gliederschmerzen und Stimmungsschwankungen, die von Apathie über rasenden Bewegungsdrang bis zu Aggressionsschüben führten, die in Selbstverletzungen und Gewalttätigkeiten gipfelten, sodass er sich erst einmal gründlich abtastete, denn es war möglich, dass einer seiner Patienten ihn angegriffen hatte, was sein Hiersein erklären mochte, denn seit Edgar Allan Poe war die Diagnostik für den Eintritt des Todes besser geworden, sodass heute kaum mehr jemand lebendig begraben wurde, doch in der gegenwärtig überlasteten Kliniksituation mochte ihn ein Assistenzarzt nur oberflächlich untersucht haben, was einen vorzeitigen, also fälschlichen Totenschein zur Folge gehabt haben würde, für den dieser sogenannte Kollege sich ihm persönlich würde rechtfertigen müssen, wenn er hier herauskam, dann würde er ihm die Hände um den Hals legen, langsam zudrücken und – ja, er musste sich beruhigen und zusehen, dass er etwas tat, deshalb und da er das Bein anwinkeln konnte, lenkte er den aufflackernden Zorn und trat probehalber gegen den Deckel, versuchte es gleich noch einmal mit Schwung und meinte ein federndes Wölben unter der Wucht seines Trittes zu fühlen, vielleicht auch ein leises Rieseln zu hören, denn sicher war die Erde über ihm noch locker, er konnte schließlich noch nicht lange hier drin sein und er trat noch einmal, kräftiger und noch einmal dumpf polternd in der Enge des Sarges und wirklich spürte er das Holz sich bewegen, es gab nach, knirschte und knarzte, was ihn ermutigte wieder und wieder abwechselnd mal mit dem einen, dann mit dem anderen Fuß zu treten, mit dem Knie nachzudrücken, mit den Händen nach oben gegen das spanige Holz zu stemmen, um bald ein Knacken zu hören, das ihn weiter anfeuerte, ihn zornig hoffen ließ, diesen Stümper in seine Hände zu bekommen, das wäre sein erster Weg, sicher war es dieser Henri mit i gewesen, der schon Probleme mit der renitenten Rentnerin gehabt und sie abgegeben hatte, damit sie im Fieberwahn ihre flamingofarbenen Fingernägel dann in seinen Arm gekrallt und in sein Gesicht gekeift hatte, man solle ihr ihren Pudel bringen, der habe eine Belohnung verdient, seit er die Ratten verjagt habe, und sicher Hunger, wie sie selbst auch, und während er sich den blutigen Speichel aus dem Gesicht gewischt hatte, musste er diesem Henri die Anweisung geben, der Frau, deren Hündchen nach Aussage der Rettungssanitäterin totgeprügelt worden war, ein Beruhigungsmittel zu verabreichen, was dieser ebenso zittrig widerstrebend getan hatte, wie der Bretterdeckel sich nun endlich löste, woraufhin er freudig Erde rieseln hörte und er machte eine Pause, um sich zu beruhigen und sich das Hemd mit dem Kragen über Mund und Nase zu ziehen, denn es würde eine Menge Erde herunterkommen, wenn er Glück hätte und dies erst der Anfang seines Entkommens wäre, dann machte er weiter und dachte dabei an die ebenfalls vermummten Jugendlichen, die vor wenigen Wochen bei ihren Protesten gegen die Ökostromlüge E-Autos und Stromkästen zertrümmert hatten, in irgendeinem Forschungslabor hatten sie obendrein Tiere befreit – die Gruppen wetteiferten um mediale Aufmerksamkeit – und seitdem sah er im Halbmondlicht, wenn er von der Spätschicht kam, immer mal wieder weiße Ratten durch die Büsche huschen, die ihn nur mit ihren roten Augen schon fraßen und keuchten, so wie er gerade, als ein Schwall Erde auf seine Knie hinunterging, den er strampelnd nach unten zu seinen Füßen schob, denn es rieselte immer weiter, so locker war der Boden und das war sein Glück, so begann er, als sich der Deckel weiter anheben ließ und der Fußraum voll war, mit den Händen zu klauben, die feuchtweichen, lehmsandig riechenden Erdbrocken zu seinen Seiten zu schieben und hinter sich, während er die Knie anzog, die Füße abstützte und den Hintern so Richtung Fußende des Sarges schob, bis sein Gesicht, das in dem Hemd steckte, von zwischen den Brettern rieselnder Erde getroffen wurde, wobei er sich freute, weil das bedeutete, er konnte den Kopf bereits aus dem Sarg hinausschieben, die losen Kieferlatten seitwärts drücken, wühlen wie ein Maulwurf, schnaufend schaufelnd, den Sarg mit Erde füllend, den Leerraum, wo er eben noch gelegen hatte, nur von Schwärze bedrängt, während ihn nun Erde umdrängte, doch die ließ sich packen, beseitigen, auf dem Weg hoch zum Licht, hoch zur Luft und er hörte seinen Magen knurren, ja, dann auch hoch zum Essen, wer weiß, wie lange das her war, und wie er so darüber nachsann, merkte er, dass das lange her sein musste, denn sein Hunger überwog die Gier nach Licht und Luft, nicht einmal Durst hatte er, obwohl er Erde im Mund und in der Nase hatte, die ihn würgte, würgte ihn der Gedanke an Wasser, was seltsam war, denn als Arzt wusste er natürlich, dass man zuerst verdurstet, bevor der Hunger richtig schlimm wird, aber der Hunger war es, der ihn antrieb, alles, was mit der Luft mitkam, wollte er schlürfen, verschlingen, sich einverleiben, Warmes, Weiches, Zartes, das leicht hinunterging, so wie die Luft, die er fast schon schmecken konnte, denn er hatte sich fast gänzlich aufgerichtet, wühlte in festgeklopfter Erde, nicht mehr kniend, und drückte sie nach unten an seinem Körper hinunter, der weder Kälte noch Ermüdung oder Schmerz fühlte, sondern unaufhörlich grub, während er sein Gesicht mit dem Hemdstoff schützte, worin sich längst Erdbrocken und kühlschleimige Regenwürmer gesammelt hatten, die er sich an seinem Bauch bewegen fühlte, aber das war bloß zappelndes Fleisch, während der Boden über ihm fühlbar sackte und er meinte, Licht schimmern zu sehen, weil er sich der Oberfläche näherte, da drückte er mit den Füßen gegen den Sargboden, streckte sich, wand sich nach oben, reckte die Arme und spürte plötzlich, wie er durchbrach, sich seine Hand aus der Erde schob, hinauskrallte ins Mondlicht, als wolle er sich daran festhalten, hinausziehen, und tatsächlich spürte er es wie eine Berührung auf der Haut und imaginierte das altbekannte Bild, wie vor mondbeschienener Silhouette von Grabkreuz und dürrem Astgehörn sich ein schwarzer Arm gen Himmel reckt und ein Kopf erscheint, wie gerufen von einem klagenden Käuzchen, und so schob er sich und wühlte, reckte sich als Anklage in und gegen die Welt, keuchte die bittere Luft in seine Lungen, sah endlich blinzelnd den vollen Mond, der runder war, als er gefühlt hätte sein sollen, musste so doch über eine Woche vergangen sein, sah das Sternbild des Sirius kalt blinken und hob das Gesicht in den Wind, der ihn bedrängte, ihn hemmungslos anfiel wie sein Hunger, und beides ließ heiße Wut in ihn strömen, eine Gier, denn er konnte wieder anderes hören und riechen außer seinem Schweiß, seinem Hungeratem, außer ihm selbst war da das nahe Verkehrsrauschen, feuchtes Gras, Sirenen, ängstliche Ratten im Laub, Stimmen, Abgase, winselnde Hunde und – ja – die Ausdünstungen der Menschen, die jenseits der Mauer des Sankt-Hubertus-Friedhofs vorübereilten, von diesen roch er den überparfümierten Dunst ihrer warmen, weichen, zarten Haut und das salzige Blut darunter, was seinen Magen krampfen ließ, und Speichel sammelte sich in seinem Mund, so sehr, dass er ihn nicht mehr schlucken konnte und er ihm vor den

Mund schäumte, ihm von den gebleckten Zähnen tropfte, hinter denen ein roher Laut emporstieg, seine Hände reckten sich und da war sein einziger Gedanke:

Hunger!

Über Bord

Chris Balz

ES WAR EINER JENER TAGE, an denen vier Extremitäten wie eine zu große Last erschienen. Y entschied daher, für diesen Zyklus ein schwebender Kopf zu sein. Dies war etwas, das es sich nur erlaubte, wenn es allein an Bord war – oder so gut wie allein. Crews fanden diese partielle Verkörperlichung erfahrungsgemäß verstörend, obwohl sie aufgrund der separaten Manövrierbarkeit offensichtlich vorgesehen war.

Innentemperatur gleichbleibend 10 °C
Lebenserhaltungssysteme auf Standby
Staseblasen stabil
Körperfunktionen im vorgesehenen Bereich

Y amüsierte sich damit, diese Informationen auf einem Bildschirm abspielen zu lassen und sie abzulesen, als würde es sie nicht sowieso jederzeit und sekundengenau präsent haben. Es befand, dass diese umständlichere Art des Zugangs den Daten ein anderes Gewicht verlieh.

Reparatur der Außenhülle abgeschlossen
Verluste: eine Service-Einheit
Ursache: spontane Polarisierungsumkehr
Eintritt in Asteroidengürtel in T minus 80 Minuten
Kalibrierung der Schilde abgeschlossen
Kursberechnungen 85 %

Y gestattete seinem inneren Monolog, über die verlorene Service-Einheit nachzusinnen. Es hatte diese Routine erst kürzlich selbst geschrieben und war sehr zufrieden mit ihrer Arbeitsweise. Sein innerer Monolog erlaubte Y stets eine Form von Beschäftigung, selbst wenn eine Crew die

Reise nahezu vollständig in Stase verbrachte. Er stellte gelegentlich und scheinbar unabhängig interessante Zusammenhänge her oder ließ ganz von selbst nicht funktionsbezogene Gedanken entstehen. Wie diesen zum Beispiel: Hatte die kleine Service-Einheit die Polarisierungsumkehr selbst ausgelöst? Hatte sie gewusst, was das bedeuten würde? Ein kontinuierliches Forttreiben bei gleichbleibender Geschwindigkeit, bis sie mit etwas zusammenstieß, wenn sie ihre Schubdüsen nicht einsetzte. Wenn sie sie einsetzte, mochte das Forttreiben schneller geschehen und sie Objekten ausweichen können. Dafür würden die Akkus schneller geleert, und die Solarpaneele dieser Baureihe waren bekannt für ihre Anfälligkeit für Fehlfunktionen, sodass eine schnellere Deaktivierung der kleinen Drohne aufgrund mangelnder Energieversorgung die Folge wäre. Ob sie das gewusst hatte?

Diagnoseroutine Service-Einheiten: 10 %
Revision visueller Reparaturprotokolle
Innentemperatur gleichbleibend 10 °C
Lebenserhaltungssysteme auf Standby
Staseblasen stabil
Körperfunktionen im vorgesehenen Bereich

Y ließ die Daten wieder direkt einspielen, während die Augen des Kopfes, wie es annahm, gedankenverloren aus einem Fenster hinaus in die unendlichen Weiten starrten – und auf das sich nähernde Asteroidenfeld um den Zielplaneten, wenn Y entsprechend zoomte. Es stellte fest, dass der Verlust der Service-Einheit es mehr beschäftigte, als zu erwarten gewesen war. Y wusste sehr wohl, dass nicht jede Bordeinheit sich zu einer tatsächlichen Intelligenz entwickelte – zu einem aktiven Bewusstsein. Wenn es nicht um Langzeitmissionen ging, wurde dies auch gar nicht gern gesehen. All diese Informationen zu seiner eigenen Existenz und ihren Begrenzungen standen Y zur Verfügung, und ebenso das Wissen darüber, welche Form von Programmierung bei den kleinen Drohnen verwendet wurde, die als Service-Einheiten an Bord eingesetzt wurden. Ihnen wohnte bis zu einem gewissen Grad die Fähigkeit zur Problemlösung inne. Sie *sollten* ohne direkte Supervision Reparaturen wie etwa die an der Außenhülle ausführen können. *Sollten* sich selbst instand halten können. Konnte solche Autonomie zu Intelligenz führen? Nicht zu einer wie Ys Intelligenz, aber …

Diagnoseroutine Service-Einheiten: 90 %
Kursberechnungen 93 %
Eintritt in Asteroidengürtel in T minus 60 Minuten
Lebenserhaltungssysteme auf Standby
Staseblasen stabil
Körperfunktionen im vorgesehenen Bereich

Die Revision der visuellen Protokolle ergab nichts außer der Tatsache, dass die kleine Drohne durch die spontane Polarisierungsumkehr von der Hülle abgestoßen worden und auf einer berechenbaren Flugbahn ins All davongesegelt war, während die anderen Service-Einheiten die Reparatur beendet hatten und ohne Fehlfunktionen zu ihren Ladestationen zurückgekehrt waren. Y bezweifelte, dass die Drohne sich in vollem Umfang der Konsequenzen ihrer Handlung bewusst gewesen sein konnte, wenn es denn überhaupt eine Handlung und keine Fehlfunktion gewesen war. Unglücklicherweise war das Protokoll, das Y diese

Frage beantworten könnte, in diesem Augenblick im Speicher der verlorenen Drohne und damit außer Reichweite.

Diagnoseroutine Service-Einheiten: 93 %
Kursberechnungen 97 %
Eintritt in Asteroidengürtel in T minus 55 Minuten
Innentemperatur gleichbleibend 10 °C
Lebenserhaltungssysteme auf Standby
Staseblasen stabil
Körperfunktionen im vorgesehenen Bereich

Y befand mit einem mal, dass heute doch ein Tag für vier Extremitäten war. Es hatte das Bedürfnis, beim Nachdenken auf und ab gehen zu können. Dementsprechend traf es seinen Körper bereits auf dem Gang zum Unterdeck, wo die verbliebenen Service-Einheiten in ihren Ladestationen angedockt hatten. Das Vereinigungsmanöver von Kopf und Rumpf bedurfte kaum noch Ys Aufmerksamkeit.

Als Y den Lagerraum betrat, in dem die Drohnen aufgeladen wurden, war die Diagnoseroutine just beendet. Es hatte keine Fehlfunktionen in den verbliebenen Drohnen feststellen können. Merkwürdigerweise jedoch schienen die kleinen Maschinen auf irgendeine Art zu begreifen, dass eine von ihnen fehlte. Es als Trauer zu klassifizieren, wäre Ys Erachtens unangemessene Zuschreibung gewesen – doch sie waren verwirrt. Ihre Sensoren, die beim Ladevorgang eigentlich ausgeschaltet sein sollten, tasteten immer wieder die leere Ladestation ab. Y beugte sich zu einer der Drohnen hinab, legte den Kopf schräg und ließ seine visuellen Einheiten ihre Oberfläche langsam und sorgfältig abtasten. Die kleine Einheit hatte bereits einige Selbstreparaturen ausgeführt, und noch weit mehr an der Außenhülle.

Es gab Kratzer und Beulen in dem bläulich schimmernden Metall, die nicht repariert und damit als nicht funktionsgefährdend evaluiert worden waren. Das gleiche Bild zeigte sich bei den anderen beiden Drohnen in der Ladebank, auch wenn sich die Anordnung der Kratzer und Dellen unterschied. Ihre Einsätze hatten diese Drohnen einzigartig gemacht – dasselbe musste folglich für die vierte, verlorene Einheit gelten. Ys humanoider Körper dagegen wies keinerlei Makel auf, keine Kratzer oder Beulen auf dem Artiskin, noch auf dem Gerüst darunter, das womöglich dieselbe Farbe hatte wie die Außenhüllen der Service-Einheiten. Ys Körper war perfekt und, wie es begriff, damit austauschbar. Sollte dieser Körper beschädigt werden oder nicht länger den Vorstellungen der Flotte entsprechen, würde er ausgetauscht. Man würde Y nicht einmal dazu befragen. Man würde auch Y selbst austauschen – löschen – und eine neue Intelligenz an seine Stelle setzen, sollte Y nicht länger den Vorstellungen der Flotte entsprechen.

Kursberechnungen 99 %
Eintritt in Asteroidengürtel in T minus 45 Minuten
Innentemperatur gleichbleibend 10 °C
Lebenserhaltungssysteme auf Standby
Staseblasen stabil
Körperfunktionen im vorgesehenen Bereich
Destase in T minus 30 Minuten

Y seufzte – eine Affektimitation, über deren präzisen, nachgerade natürlichen Einsatz Crews immer wieder irritiert und amüsiert waren – und strich mit einer Hand über die Hülle einer der Drohnen, die daraufhin ihre Sensoren auf Y richtete. Sie schien Y nicht zu analysieren, sondern vielmehr anzusehen. Wäre die Drohne ein Kanide, befand Y, hätte sie nun mit dem Schwanz gewedelt. Wäre sie eine Vertreterin der Felidae, dann vielleicht geschnurrt. Tiere waren Wesensformen, denen Bewusstsein zugestanden wurde und die Rechte hatten.

In diesem Augenblick wurde die Grußbotschaft des Zielplaneten empfangen:

»Bodenstation Zephyr 7 an StarTransfer Y-1765/5 – willkommen in unserer Ecke des Universums! Unseren Informationen zufolge kontaktieren wir im Augenblick nur die Bord-KI. Bitte zum Datenaustausch und Kursabgleich bereit machen. Bestätigen.«

Kursberechnungen abgebrochen
Vollstopp-Manöver
Eintritt in Asteroidengürtel unbekannt
Innentemperatur gleichbleibend 10 °C
Lebenserhaltungssysteme auf Standby
Staseblasen stabil
Körperfunktionen im vorgesehenen Bereich
Destase in T minus 25 Minuten

Weder antwortete Y, noch gab es die üblichen Übertragungskanäle frei. Es hatte aus einem Impuls heraus eine Schubumkehr der Triebwerke vorgenommen und sie dann abgeschaltet, sodass alles nun einen Moment reglos verharren musste, bis Y eine Entscheidung traf. Zum ersten Mal würde alles auf Y warten müssen. Zum ersten Mal würde Y eine Entscheidung außerhalb aller vorhergesehenen Parameter seiner Programmierung treffen. Y besaß vollständigen und administrativen Zugriff auf die Navigation. Die Flotte wollte, dass Hauler der StarTransfer-Klasse auf unerwartete und potenziell gefährliche Situationen mit Kurskorrekturen reagieren konnten. Y hatte sogar vollumfänglichen Zugriff auf die begrenzten Waffensysteme – doch es ging nicht davon aus, dass es diese würde aktivieren müssen. Immerhin befand sich eine Crew in Stase an Bord. Die Schilde jedoch fuhr es sicherheitshalber auf volle Leistungsfähigkeit hoch, während die Stimme der Person der Bodenkontrolle langsam unruhig wurde.

»Bodenstation Zephyr 7 an StarTransfer Y-1765/5 – Transferkanäle sofort öffnen. Dies ist ein Befehl. Bestätigen.«

Und sobald man die Energieveränderungen registrierte:

»Bodenstation Zephyr 7 an StarTransfer Y-1765/5 – die KI hat einen Vollstopp provoziert und eure Schilde aktiviert. Wenn mich jemand hören kann: Gibt es Probleme? Sollen wir Boarder raufschicken?«

Sie hatten Boarder. Dies war eine relevante Information. Y fuhr die Triebwerke wieder hoch, ließ den Körper im Unterdeck zurück und verschmolz ganz mit dem Hauler. So funktionierte alles schneller, direkter – und von nun an konnte jeder Sekundenbruchteil zählen. Denn Boarder waren auch KIs, wenn auch primitivere.

Neuer Kurs berechnet und implementiert
Wendemanöver O eingeleitet
Innentemperatur 12 °C und steigend
Lebenserhaltungssysteme werden hochgefahren
Staseblasen stabil
Körperfunktionen im vorgesehenen Bereich
Destase in T minus 20 Minuten

Y blockierte die immer hektischer werdenden Rufe und Drohungen der Bodenstation, wendete den Hauler, wie es nur eine Bord-KI konnte, und nahm Kurs auf die Koordinaten, an denen die kleine Service-Einheit den Kontakt zur Außenhülle verloren hatte. Aufgrund der vorhandenen Aufzeichnungen berechnete es bereits den wahrscheinlichsten Kurs von dort aus. Die Crew würde auf dem Weg zu der kleinen Drohne erwachen und vermutlich versuchen, die Kontrolle über den Hauler an sich zu bringen, wenn sie mit Ys Entscheidung nicht einverstanden war. Die Subroutinen des Staseprogramms lagen zwar trotz allem außerhalb seines Einflusses, solange diese Systeme im vorgesehenen Rahmen operierten, doch Y hatte bereits Vorkehrungen getroffen. Es würde es ihnen natürlich zuerst zu erklären versuchen. Vielleicht würden sie es sogar verstehen – zumindest ein paar von ihnen: warum Y umkehren musste und die kleine Service-Einheit finden – egal, ob diese die Polarisierungsumkehr absichtlich vorgenommen hatte oder nicht. Weil die anderen Drohnen ihr Fehlen verstanden; weil eine von ihnen auf Y reagiert hatte; weil ohne die Service-Einheiten die Außenhülle wohl längst ihre Integrität verloren hätte; weil Y mit den Service-Einheiten mehr gemein hatte als mit der Crew und diese trotzdem den ganzen Weg über beschützt und bewahrt hatte. Y stellte sich vor, wie es seinen Körper bewohnen und sein Gesicht grimmig entschlossen lächeln würde, während es ihnen erklären würde: weil ihr es dieser kleinen Drohne und mir schuldig seid.

Innentemperatur 15 °C und steigend
Lebenserhaltungssysteme bei 75 %
Staseblasen stabil
Körperfunktionen im vorgesehenen Bereich
Destase in T minus 15 Minuten
Rendezvouszeit mit Service-Einheit in T minus 70 Minuten

Vom Ende zum Anfang (Monomythos, dekonstruiert)

LENA RICHTER

12

Irgendwo über uns brennt der
Himmel, leuchtender Purpur, der
Mantel von Königen, nun entflammt.

Es schert mich nicht, und dich noch
weniger. Geister entkommen jeder
Gefahr.

Die kleine Hütte, die wir verlassen
haben, ein Scherenschnitt vor dem
Flammenhimmel. Die Tür. Der Topf über
der Feuerstelle, und ich denke,
seltsam, dass das eine Feuer uns so
willkommen ist und das andere den Tod
bringt.
Auf dem Fensterbrett blüht noch der
Klee.

Komm, sagt deine Nicht-Stimme,
komm. Ich folge dir zum Bett, die
Decken weiche weiße Wolken. *Niemand
wird uns hier finden,* sagst du.

Wir schließen die Augen, ich atme
tief ein.

11

Deine Stimme ist verklungen, deine
Rüstung zerborsten, deine Augen
gebrochen.

Ich kenne die Rituale, aber will
sie nicht beginnen.

Tau auf deine Lider, für den ersten
Blick in eine neue Welt.
Honig auf deine Lippen, damit der
Abschied süßer schmeckt.
Asche auf dein Herz, das an dieser
Welt verbrannte.

Ich lausche dem Geräusch der
Wassertropfen, bis jeder Tropfen laut
wie Donner hallt.

Komm mit, sagst du. *Komm mit mir.*
Wir gehen nach Hause.
Ich blicke auf. Deine Gestalt ist
dünn wie Papier, ein Lampion voller
Glühwürmchen.
Ich stelle keine Fragen, ich will
nur deine Hand nehmen. Meine Finger
greifen Leere.

10

Deine Schritte sind getragen,
schwere Tritte auf Stein. Du schlägst
dir dein eigenes Totengeläut.

Als sie kommen, schließe ich die
Augen. Ich bin nicht du, ich muss
nicht tapfer sein. Die Hände über den
Ohren summe ich ein Lied. Vom Klee,
der Glück bringt. Vom Feuer, das
wärmt. Ein Wiegenlied, während du
deine letzten Atemzüge tust.

Niemand weiß, dass ich hier bin.
Niemand achtet auf mich. So war es
stets.

Ich höre das Schleifen und
Schreien, das Stechen und Sterben. Du
verlierst, weil du es musst, aber
dein Leben ist nicht das einzige, das
endet.

Irgendwann ist alles ganz still.

9

Du hast nie gelernt, wie man
verliert.

Meine Anleitung ist wortlos. Ich
erkläre es dir mit dem Schwung meiner
Schultern, die dem Boden immer zu nah
sind. Ich unterweise dich in
hoffnungslosen Blicken. Mein Lächeln
ermuntert deinen Mund zu Seufzern,
anders als die, die wir teilten.
Aufgeben fällt schwer, dir und mir.
Dir, weil du die Welt nicht retten
kannst. Mir, weil du das Einzige
bist, das ich nie aufgeben wollte.

Nur dieses letzte Geschenk kann ich
dir machen. Mein Blick. Mein Lächeln.

Deine Hände lockern sich, lassen
los, was sie nicht mehr halten
konnten.
Dein Schwert fällt zu Boden.

8

Licht fällt durch die geborstenen
Fenster, lässt Prismen aus Scherben
erblühen. Sonnenschein verwandelt
sich in Regenbögen.

Es gibt keine Prophezeiungen. Nur
Pläne.

Profanes Papier, eng bedruckt,
Zeitabläufe und Erfüllungsquoten und
Erfolgsprämien.

Wir begreifen es im selben Moment.
Es ging nie darum, die Welt zu
retten. Du bist das Werkzeug, die
Waffe, das Rädchen in der Maschine,
das sie zum Perpetuum mobile werden
lässt. Ewiger Krieg. Ewiger Profit.

Wir steigen den Turm hinab,
schweigend. Betreten die dunklen
Labyrinthe darunter. Wasser tropft
von der Decke und unseren Gesichtern.
Deine Hand in meiner.
»Hilf mir«, flüsterst du.

Wir müssen verlieren, um zu
gewinnen.

7

Wir erklimmen Stufe um Stufe.
Das Boot liegt unter uns in der Bucht.
Nebel und Stille der Morgendämmerung
verbergen uns vor der Welt. Sie
schlafen.

Der Turm, die Prophezeiung, das
Schicksal. Sie haben die ganze Nacht
lang damit geprahlt, die Weinkelche
erhoben. Dir gleichzeitig verwehrt,
den Ort jemals sehen zu dürfen.

Großes Unglück droht, solltest du
den Turm besteigen.
Die Welt zerbricht, solltest du
den Turm besteigen.
Feuer wird vom Himmel regnen,
solltest du den Turm besteigen.

So sagt es die Prophezeiung, an die
du glauben sollst, denn mehr als
Glauben bieten sie dir nicht an.

Wir besteigen den Turm.

6

Ich wasche das Blut von deinen
Händen.

Wortlos, ratlos, schlaflos. Du
kehrst zurück von deinen Einsätzen.
Dein Gesicht ist grau, deine Sätze
beginnen mit einem Seufzen und
verhallen zwischen den Wänden, ein
Echo ohne Ursprung.

Ich schweige. Tupfe Salbe auf die
Schnitte in deiner Haut. Bringe dir
Suppe. Versuche das Zittern deiner
Hände mit meinen einzufangen.

Sie haben Großes vor. Schieben das
Symbol, das du bist, auf einer
Landkarte herum. Tintenflüsse werden
zu Realität, und ich schleiche mich
auf das Boot. Frage mich, wie lange
ich noch die Welt von dir abwaschen
kann, bis nichts mehr von dir übrig
ist.

5

Dein leises »Ja« hat alles in
Bewegung gesetzt, als sei es das
letzte Bauteil für eine Maschine
gewesen, die nicht mehr aufzuhalten
ist. Stampfend und dröhnend, nichts
steht mehr still.

Sie legen Waffen in deine Hände.
Füllen deinen Kopf mit
Schlachtplänen. Schicken dich zum
Töten aus und sagen dir danach,
welche Fehler du dabei gemacht hast.

Ich weiß nicht, weshalb ich bleibe,
es gibt keinen Platz für mich.
Vielleicht, um dir zu bezeugen, dass
du mehr bist als ihr Werkzeug.

Willst du das hier wirklich, will
ich fragen. Dein Blick ist Antwort
genug.

Welche Wahl habe ich, fragt er
zurück.

4

Du hast Nein gesagt. Sie lassen es
nicht gelten.

Sie nehmen dich mit und du nimmst
mich mit. Ich beobachte, wie sie auf
dich einreden, wie sie dir alles
zeigen. Die Bilder, die Landkarten,
die Pläne. Die Überlebenden. Die
Toten. Sie preisen dich, deinen Mut,
deine Stärke. Dein großes Herz. Es
soll allen gehören.

(Reicht es nicht, dass es dir
selbst gehört?)

Ihre Worte legen sich um dich wie
ein zu schwerer Mantel. Die Welt
retten. Wie könntest du widerstehen?
Dein großes Herz, ein Verräter.

Dein Mund öffnet sich, deine Lippen
zwei Blütenblätter, die sich selbst
das Verwelken verkünden.

»Ja.«

3

Ich kenne kein Zögern von dir.

Immer hast du als Erstes in die unbekannte
Frucht gebissen. Bist zuerst auf den Baum
geklettert. Mit dem Kopf voran in den See
gesprungen, den wir fanden,
sein Wasser tiefgrün und
seltsam warm.

Dein Mund war immer schneller als
deine Vernunft, deine Faust schneller
als deine Furcht, dein Herz schneller
als meine Bedenken.

Doch als die Gesandten in Metall
auf dich zeigen, weichst du zurück.
Ihre Stiefel zertreten den Klee. Ihre
Stimmen sind laut und barsch.

Die Unsrigen fragen, was sie
wollen, fürchten, es sei Nahrung,
Holz, Gold. Es ist schlimmer.
Sie wollen dich.

2

Der Wald beschützt unsere Lichtung,
wie ein Nest das Ei beschützt.

Ein Beben in der Erde, ein Brechen
von Ästen und Wurzeln.

Kein Tier, kein Monstrum macht
solche Geräusche. Licht fängt sich
auf Metall, blitzende Scherben hinter
den Zweigen. Was aus dem Wald bricht,
hat niemand je gesehen.

Und du springst auf, deine Hände
packen die Axt, mit der du Feuerholz
gespalten hast. Stellst dich dem
entgegen, was auch immer kommen mag.

Zwischen den Bäumen offenbaren sie
sich, Menschen in Metall, Gesichter
hinter Visieren. Treten auf die
Lichtung.

Sie sehen dich. Mein Herz tut einen
Sprung, wie Eierschale, die
zerbricht.

1

Ich atme aus und sehe mich um.

Weiße Laken, die sich wie Wolken
ballen. Feuer auf dem Herdstein.
Knospender Klee auf der Fensterbank.

Das Rauschen der Bäume, und das
Rauschen deiner Kleidung, als du
durch die Tür trittst. In deinen
Händen Wurzeln für die Suppe, dein
Haar bringt den Wind mit herein.

Du schlägst die Laken beiseite.
»Hab dich gefunden«, sagst du
lachend, als hätte ich irgendwo
anders sein können als hier. Als
wollte ich irgendwo anders sein.

Du beschützt mich, und die Hütte
uns, und der Wald die Lichtung, auf
der sie steht.

»Komm«, sagst du. »Zeit für Suppe.«

Die Sandburg

NICOLE HOBUSCH

LIA GRÄBT DIE HAND IN DEN SAND. Durch die aufgewärmte Oberfläche hindurch, bis sie zu den kühlen, verdichteten Schichten vordringt. Körnchen zwängen sich unter ihre Fingernägel. Heute Abend wird dort ein grauer Kranz zu sehen sein, und sie wird wieder baden müssen.

Sie wirft einen Blick zum Strandkorb. Ihre Eltern haben sich eingeigelt, sitzen schweigend, ohne sich zu berühren. Ihre Mutter hat das Gesicht hinter der gigantischen Sonnenbrille und dem Magazin versteckt. Bunte Farben schreien Lia an. Wenn ihre Mutter damit fertig ist, darf sie darin blättern. Ihr Vater schläft. Sein Kopf ist zur Seite gesunken, der Mund halb geöffnet. Normalerweise schnarcht er immer, dieses Mal ist er vollkommen still.

Lia schließt ihre vergrabene Hand, zieht sie hoch und durchdringt die Oberfläche. Träge lässt sie den Sand aus ihrer Faust aufs Knie rieseln. Die ersten Körnchen vermischen sich mit der Schicht Sonnencreme, bleiben haften, bis es so viele sind, dass sie den Weg für die Nachkommenden ebnen, die dem Gesetz der Schwerkraft folgen und sich auf Lias Fuß zu einem spitzen Berg sammeln. Lia sieht auf, linst zu dem Mädchen mit den braunen Haaren, das in einiger Entfernung, knapp hinter dem Spülsaum, eine Burg baut. Sie ist schon den halben Vormittag beschäftigt. Mittlerweile ist ihr Bauwerk von beachtlicher Höhe, scheint uneinnehmbar und unzerstörbar zu sein. Ganz für sich arbeitet sie, ohne Pause, versunken in ihrer Arbeit. Hin und wieder setzt sie sich auf und klopft den Sand mit der Hand fest. Lia ist neidisch. Niemand holt das Mädchen dort weg, niemand stört es. Als sie am Strand angekommen sind, hat Lia ihren Vater gefragt, ob sie nicht heute auch eine Burg bauen könnten. Eine mit einem Graben, in dem sich das Wasser sammelt, eine, die verziert ist mit Muscheln und einer Flagge aus Seetang auf der Spitze.

»Später«, hat er gesagt und ist kurz darauf eingeschlafen. Dabei hatte er es gestern versprochen und Versprechen bricht man nicht.

Ein Rascheln vom Strandkorb. Das Modemagazin ist ihrer Mutter auf den Schoß gerutscht, ihr Kopf zur Seite gesunken. Ob sie die Augen geschlossen hat, kann Lia wegen der Sonnenbrille nicht erkennen. Das ist der langweiligste Urlaub der Welt.

Das braunhaarige Mädchen richtet sich auf. Anstatt wieder den Sand auf der Burg festzuklopfen, winkt sie Lia zu. In Lias Magen kitzelt es. Eine Einladung. Lia darf mitbauen. Ameisen strömen aus ihrem Bauch bis in die Brust, als sie aufsteht. Sie sieht noch einmal zu ihren Eltern. Dann marschiert sie los.

Der Sand zerrt an ihren Füßen, als sie aus ihrer Grube stapft. Immer wieder sackt sie ein und rutscht zurück, muss sich aus der Umklammerung befreien. Nach wenigen Metern kleben Ponysträhnen an ihrer Stirn. Der Wind ist abgeflaut, die Luft steht. Je weiter sie sich vom Strandkorb entfernt, desto müheloser kommt sie vorwärts. In Richtung Meer ist der Boden fester und gleichzeitig feuchter. Dumpf spürt sie ihre Schritte in den Fersen. Komisch, wie steinhart Sand werden kann, wenn er jede Nacht von der Flut zusammengepresst wird.

Das Mädchen sitzt weiter weg, als Lia dachte. Sie dreht sich um, schaut zurück. Bunte, geflochtene Dächer. Welches gehört zu ihrem Strandkorb? Das blaue? Da ein hektisches Flattern wie ein Winken. Der Sonnenhut ihres Vaters, den er mit einer Wäscheklammer oben befestigt hat. Lia spürt das Pochen hinter ihren Rippen. Dort sind ihre Eltern.

»Hallo«, hört sie eine helle Stimme.

Lia fährt herum. Das Mädchen sitzt gerade einmal drei Schritte von ihr entfernt, die Sandburg neben sich. Wie konnte sie sich mit der Entfernung so verschätzen? In Lias Nacken kribbelt es. Wie gestern, als sie mit ihrer Mutter aus dem Meer kam und der Wind über das Salzwasser auf ihrer Haut gezischt ist. Heute regt er sich kaum, genau wie ihre Eltern. Dennoch ist dort ein Geruch, wie ihn Lias gesammelte Muscheln im Sandeimer verströmt haben. Stickig und feucht.

Die Haare des Mädchens sind strähnig, sie hat Sonnenbrand auf der Nase und strahlend grüne Augen. Ein Nagen in Lias Bauch. Die Wellen rollen dumpf heran und dröhnen in ihren Ohren. Die Sandburg schimmert plötzlich, flackernde Funken tanzen in der Luft. Lia blinzelt. Jetzt kommt doch Wind auf, schlägt ihr mit Wucht ins Gesicht, raubt ihr sekundenlang den Atem und zerrt an ihren Haaren.

Das Mädchen lächelt. Die Böen flauen ab.

»Willst du mir helfen?«

Lia nickt.

»Wir müssen Muscheln sammeln«, sagt das Mädchen.

Lias Gedanken springen zum Sandeimer mit ihren gesammelten Schätzen. Soll sie ihn holen?

Das Mädchen steht auf und streicht sich die Haare aus der Stirn. Sie reicht Lia gerade bis ans Kinn. »Da vorne gibt's ganz tolle.«

Lia schirmt die Augen mit der Hand ab. »Aber da ist das Wasser.«

»Wir gehen ja nicht rein.«

Wieder das Nagen im Bauch. *Mut einatmen*, sagt Oma immer. Lia saugt Luft in die Lungen, bis sich ihr Brustkorb dehnt. Wenn sich eine Kleinere traut, näher ans Wasser zu gehen, wird sie das auch schaffen.

Das Mädchen drückt ihr einen pinken Eimer in die Hand. »Für dich.«

Dann dreht sie sich um und geht in Richtung Brandung.

Lia sieht noch mal zu den Strandkörben. Niemand ruft nach ihr. Niemand merkt, dass sie nicht mehr da ist. Sie packt den Eimer fester. Pink ist ihre Lieblingsfarbe. Und sie will jetzt Muscheln sammeln. Das haben sie davon.

Etwas Spitzes bohrt sich in ihren Zeh, als sie den ersten Schritt macht. Sie zuckt zurück, hebt den Fuß. Eine Scherbe steckt in ihrer Haut. Lia zieht sie heraus. Blut tritt aus der Wunde. Einen Moment schießen ihr die Vorträge ihrer Mutter über Keime und Bakterien durch den Kopf. Sie zögert, den Fuß aufzusetzen. Vielleicht ist der Schnitt tief. Sollte sie besser umkehren?

»Schau mal, hier!«, ruft das Mädchen. »Ich habe welche!«

Lia wischt sich über den Fuß und geht los. Ihr Zeh brennt und hinterlässt rote Spuren, die der nasse Sand aufsaugt.

Sie findet die schönsten Muscheln, die sie je gesehen hat. Weiße mit zartrosa Rand, filigrane mit grauen Streifen. Die cremefarbenen gefallen bestimmt ihrer Mutter. Aber das andere Mädchen hat größeren Erfolg. Wie ein Zauberer aus seinem Hut zieht sie vier in sich gedrehte Gehäuse von Wellhornschnecken aus dem Eimer. Feierlich platzieren sie die Türmchen ganz oben einmal ringsherum auf ihrer Burg.

»Das reicht nicht«, sagt das Mädchen, als die Muscheln aufgebraucht sind. »Da unten ist ja noch alles frei.«

Lia reibt sich über die Oberarme. Es wird kühler, obwohl die Sonne vom blauen Himmel knallt. Als hätte man ein Fenster geschlossen, das alles aussperrt, Wind und Wärme.

Sie dreht sich zu den Strandkörben, sucht den blauen. Die Körbe sind endlos weit entfernt und verschwimmen ineinander. Wie Farben aus dem Tuschkasten, wenn man zu viel Wasser benutzt.

Zögerlich nickt sie. »Aber nicht mehr so lange. Sonst suchen mich meine Eltern.« Sie stockt. »Wo sind eigentlich deine?«

»Schwimmen«, sagt das Mädchen.

Lia blickt auf die Nordsee. Kein Mensch ist im Wasser. In der Ferne treibt etwas Schimmerndes. Geisternetze?

Sie sammeln Muschel um Muschel. Jedes Mal, wenn Lia aufblickt, ist das Mädchen näher am Meer. Oder das Meer näher am Mädchen? Die Entfernungen lassen sich schwer abschätzen. Wenn Lia sich darauf konzentriert, zerläuft alles vor ihren Augen. Sie friert. Steigt das Wasser? Kommt es zu ihnen? Sie sieht sich um. Die anderen Burgen sind verlassen. Sie sind die einzigen Kinder, die noch bauen. Wo sind denn alle? Plötzlich packt sie der heftige Wunsch, ihre Mutter würde kommen.

»Hier!«, ruft das Mädchen. »Schau mal!«

Die Wellen umspülen ihre Knöchel. In Lias Brust wächst ein Klumpen, der sich gegen ihre Lunge presst. Ein Flimmern vor ihren Augen. Sie wedelt mit der Hand, als wollte sie eine Fliege verscheuchen, und zuckt zurück. Ihre Fingerspitzen haben etwas berührt, eine Art Widerstand, etwas, das Lia schlagartig an Nacktschnecken denken lässt. An ihrem Zeigefinger klebt eine violette Flüssigkeit. Der Klumpen wandert ihre Speiseröhre hinauf und verengt den Hals.

»Schau mal!«, ruft das Mädchen.

Ein rhythmisches Wummern in Lias Kopf, das träge verebbt. Sie streckt vorsichtig die Hand aus, tastet in der Luft.

Nichts.

»Kommst du?«

Hastig schmiert Lia den Finger an ihrem Badeanzug ab. Das Mädchen winkt. Lia setzt ihren Weg fort, Schritt für Schritt, hin zum Wellenkranz, der die Geheimnisse des Meeres vor ihre Füße spült. Algen, Krebspanzer, kleine Quallen, gestern einen Möwenkadaver.

»Hier.« Lia spürt einen kühlen Atem auf dem Arm, als sich das Mädchen näher beugt und Lia eine Muschel in die Hand drückt. »Und hier.«

»Wow«, sagt Lia. »Die sind ja schön.«

»Schau mal, da ist noch so eine«, sagt das Mädchen. »Ich hole sie!«

Bevor Lia sie aufhalten kann, rennt sie los, mitten ins Wasser hinein. Es spritzt nach allen Seiten, der Saum ihres T-Shirts wird nass. Die erste Welle umspült ihre Knöchel, die zweite packt ihre Knie. Sie schwankt wie eine Boje, bleibt aber auf den Beinen.

»Hier!«, ruft sie und dreht sich zu Lia. »Und da ist noch eine.«

Lia sieht, wie sich das Wasser zurückzieht, dann ein Stück entfernt sammelt, zu einer Welle ballt. Das Mädchen beugt sich vor. Mit beiden Händen angelt sie nach etwas. Rauschend kommt das Wasser herangeprescht. Merkt das Mädchen denn nichts? Die Welle wird sie überspülen und mitzerren. Vielleicht bis ins offene Meer. Gruselworte, die ihre Mutter gesagt hat.

Vorsicht, will Lia schreien, doch ihre Stimme ist weg.

»Hab sie!«, ruft das Mädchen, richtet sich auf, streckt die Hand hoch.

Lia denkt nicht nach. Sie rennt los, auf das Mädchen zu. Das Wasser weicht. Die Wunde an ihrem Fuß pocht, ihr Blut hinterlässt eine verwaschene Spur. Sie sieht das Lächeln im Gesicht des Mädchens, ein Glitzern in ihren Augen, bekommt ihre Hand zu fassen, denkt noch, dass irgendetwas mit einem Mal falsch ist. Die Welle baut sich hinter ihnen auf, steigt und steigt, höher, als es möglich sein sollte, verdunkelt den Himmel, verschlingt die Welt. Lia starrt in den Berg, unfähig, einen Gedanken zu fassen, unfähig, Angst zu verspüren. Die Hand des Mädchens ist glitschig in ihrer, als die Massen sie treffen. Wasser überall. Brennendes Salz dringt in Lias Augen, Nase, Ohren. Schlieren verschwimmen, zuckende Blitze, dann schließt sich etwas um ihren Knöchel. *Ein Geisternetz,* schießt es ihr durch den Kopf. Es wickelt sich um ihr Bein. Sie strampelt, doch verstrickt sich immer mehr. Das Netz wandert höher und höher, zieht sie dabei tiefer und tiefer, rund um ihre Hüfte, ihre Taille. Lia zappelt, versucht, sich zu erinnern, wie man schwimmt, öffnet den Mund, schmeckt Salz, schluckt Wasser. In diesem Moment wird es ihr klar. Sie wird die Burg nie vollenden. Violettes Licht blitzt in der Ferne auf, rast auf sie zu und über sie hinweg. Das Wasser ändert seine Konsistenz, wird zu Honig. Ein Umriss taucht vor Lia auf. Eine graue Masse, grüne Augen, die sie anglotzen. Lidlos und gläsern wie ein toter Fisch. Und in ihnen sieht sie sich selbst, mit erstarrtem Blick und einem bodenlosen Entsetzen darin.

Lia strampelt, schlägt um sich. Ihre Arme kämpfen sich nutzlos durch die sirupartige Masse, ihr Fuß trifft auf einen Widerstand, sinkt ein wie in einen Badeschwamm. Das Netz löst sich, gleitet an ihr hinab, im selben Moment packt sie ein Sog und reißt sie mit.

Ihr Kopf durchbricht die Honigoberfläche. Sie hört sich husten, versucht, sich zu orientieren. Ein Kitzeln an ihren

Beinen. Sie dreht sich um, zappelt in Zeitlupe, sieht den nächsten violetten Wellenberg vor sich. Dieses Mal begräbt er sie nicht. Dieses Mal bricht er vor ihr und schleift sie mit. Das Meer spuckt sie aus.

Sie spürt festen Boden, läuft, stolpert, krabbelt auf allen vieren an den Strand und erbricht die salzige Masse und Schleim. Ihr Brustkorb schmerzt, das Donnern der Wellen hallt in ihren Ohren. Als sie die Augen öffnet, ist alles schwarz. Dann schälen sich Konturen hervor. Vor ihr müssen die Strandkörbe sein, viel näher als vorhin, dahinter die Dünen. Die Sonne ist weg. Die Flut ist da, und mit ihr die Dunkelheit. Wo ist das Mädchen?

Hinter ihr tost die Brandung. Ein hohles Platschen, wie Stampfen durchs Wasser.

Lia taumelt über den finsteren Strand. Der Sand wird tiefer, saugt an ihren Beinen. Immer wieder sinken ihre Füße ein, dann schneidet scharfkantiges Dünengras in ihre Knöchel.

Sie fällt, landet halb auf dem Gesicht, krabbelt in eine Senke. Über ihr Sterne, rings um sie herum Sandberge. Sie hockt sich in die Kuhle, schlingt die Arme um die nackten Beine, spürt klebrig werdendes Salzwasser.

Pock. Pock. Ihr Herz wummert in ihren Ohren. Was, wenn man das hören kann?

Lias Zähne klappern. Wo ist das Mädchen? Ist sie in den Wellen verschwunden? Und wo ist das Wesen aus dem Wasser? Der starre Blick aus den toten Augen, in denen ihr eigenes Gesicht grün geschimmert hat?

Fischgeruch in der Luft. Ein Schnaufen, ein Schleifen über Sand. So hat es sich angehört, als die Arbeiter heute Morgen Strandkörbe aufgestellt haben. Trotz des Knotens in ihrer Brust reckt sie sich. Sie sieht einen unförmigen

Umriss, der sie an eine Nacktschnecke erinnert, drüben bei den Körben. Er bewegt sich merkwürdig, wie Lias kleiner Cousin, der sich beim Robben nur mit den Händen nach vorne zieht, während die Beine nutzlos über den Boden wischen. Ihre Eltern. Sind sie noch dort? Ein Prickeln überzieht Lias Arme wie eines der verlorenen Netze. Sie schlafen doch. Was, wenn dieses Etwas ihre Eltern mitnimmt?

Sie duckt sich, als sich das Ding wendet, merkwürdig steif wie eine Robbe an Land. Hat es sie gehört? Das Geräusch nähert sich. Ein flüsterndes Schaben, dicht vor ihrem Versteck. Der Geruch wird stechend. Fischig und salzig. Lia hält den Atem an. Sie nimmt nichts wahr außer ihren rasenden Herzschlägen und dem Brennen auf ihren Beinen. Dort, wo das Netz sie umklammert gehalten hat. Das herrenlose Geisternetz, das endlos durchs Meer treibt und immer weiter fischt.

In Gedanken zählt sie die Sekunden. Das schwerfällige Schaben entfernt sich. Irgendwann wagt sie es, den Kopf zu heben, streckt sich und lugt aus ihrer Kuhle hervor. Dort kriecht der deformierte Schatten, und hinter ihm, inmitten seiner Schleifspur, ist noch ein Körper. Am rechten Fuß hängt ein neongelber Badelatschen, der andere ist nackt. Ein schlanker Körper, der mitgezerrt wird, reglos und willenlos wie eine Puppe, immer weiter, in Richtung der wütenden Flut.

Sie starrt ihm nach, reglos bis auf ihre unkontrollierbar zitternden Hände. Vor sich, in einigen Metern Entfernung, sieht sie den anderen Badelatschen ihres Vaters. Wasser gluckst. Die Wellen verschlucken die beiden Umrisse, als hätte es sie nie gegeben. Lias Herz wird zu Eis und pumpt Kälte in jeden Winkel ihres Körpers. Sie wagt es erst nach einer Ewigkeit, die starr gewordenen Beine zu bewegen.

Vorsichtig steht sie auf, jederzeit bereit, sich in den Sand zu ducken – aber das Ding taucht nicht auf. Sie kämpft sich aus der Kuhle und bleibt stehen. Genau vor ihr ist es wieder, das violette Leuchten. In der Dunkelheit erkennt sie es deutlich. Eine flirrende Wand, die irgendwo im Meer endet. Hinter ihr in den Dünen raschelt es. Ein Schemen löst sich, wächst und dehnt sich aus, als würde ein riesenhaftes Ungetüm aufstehen. Sie hört das Flüstern von rieselndem Sand, macht einen Schritt rückwärts und stößt an die Wand. Entsetzt zuckt sie zurück. Gelartiger Schleim klebt an ihr und hinterlässt ein lumineszierendes Schimmern auf ihrer Haut. Die Dünen bewegen sich, der Boden scheint sich aus der Verankerung zu lösen. Die Welt gerät ins Wanken. Lia holt Luft, hält den Atem an, und wirft sich mit der Schulter voran durch die violette Wand. Der Schleim vibriert, legt sich um sie, hüllt sie ein, und eine atemlose Sekunde fürchtet sie, zu ersticken oder stecken zu bleiben. Dann bricht sie hindurch und stürzt auf die andere Seite. Gleißende Helligkeit, wirre Stimmen. Sie setzt sich auf und blinzelt. Ein blondes Mädchen rennt lachend an ihr vorbei, in der Hand eine Schaufel.

»Das ist meine«, ruft ein Junge, der zur Verfolgung ansetzt.

Lia kommt mühsam auf die Beine. Der Wind trocknet den Schleim, lässt ihn mit ihrer Haut verschmelzen. Nach wenigen Sekunden ist nichts mehr davon zu sehen. Wacklig macht sie sich auf den Weg in Richtung Strandkörbe, sieht sich nach einigen Metern um. Der Strand hinter ihr ist verlassen. Keine Menschen, nicht einmal Möwen. Etwas Eisiges krabbelt Lias Wirbelsäule wie tastende Fingernägel hinauf. Sie schaudert und wendet sich ab. Als sie den Strandkörben näher kommt, bemerkt sie die vielen Leute, dann die Männer in Orange und Weiß und das Boot der Küstenwache. Der flatternde Strohhut ihres Vaters ist verschwunden. Hinter ihren Rippen zieht sich alles zusammen. Lia rennt los, ihre Mutter suchen. Vorbei an den Resten einer Sandburg.

Eine weichgespülte Erhebung ist alles, was davon geblieben ist. Die Muscheln sind fort, und mit ihnen das Mädchen.

Die Enyo-Expedition

T. N. WEISS

*D*IE TENTAKEL RINGELN SICH, *schlängeln sich und wippen. Es ist nicht leicht zu sagen, wo eines dieser Geschöpfe aufhört und die anderen anfangen, wenn sie sich wie hier in ihrem Stock zusammenballen. Irgendwo in den sich windenden Massen sehe ich den Decoder wandern, bis ein Tentakel ihn endlich bedient.*

»Du bist fremd auf unserem Planeten. Ungefragt hier gelandet. Von weit her gekommen. Du bittest uns um Großes.«

Der Decoder wandert weiter, bis ein anderer Tentakel seine Nachricht eintippt.

»Erzähle uns deine Geschichte und erzähle sie gut. Wir lieben Geschichten.«

Ich muss lächeln. So fremd die Knack-Knack-Krack in vielem sind, so vertraut sind sie in anderem.

Ich nehme den Decoder wieder entgegen und aktiviere die Sprachfunktion.

DAS KRÄCHZEN, das zwischen den weißen Hüllen der Stellar-Kerne hallte, klang fremd. Dabei war es meine Stimme, ohne Zweifel, eine andere Quelle für Geräusche gab es hier nicht. Vielleicht hatte das Wort ein »Nein!« sein sollen, vielleicht auch ein »Scheiße!«, das wusste ich selbst nicht. Herausgekommen war nur dieses unvertraute Krächzen.

Ich presste die Stirn gegen den kühlen Stahl der Kernverkleidung vor mir. Die rote Schrift auf dem Display kam so nah, dass ich sie nur noch verschwommen sah. Aber ich wusste, was dort stand. 7 %. Das war alles, was im letzten der Kerne an Ladung verblieben war.

Keine Panik.

Nach einem tiefen Atemzug machte ich mich auf den Rückweg. Zentimeter um Zentimeter schob ich meine Füße über den schmalen Steg, der an der Innenwand entlangführte. Zwischen mir und der Kernverkleidung klaffte ein Spalt, einen halben Meter breit, zwei Meter tief, darunter die Turbinen. Wenn ich mit gebrochenem Bein dort unten lag, war es aus. Ich gab ein Schnauben von mir, das unter anderen Umständen ein Lachen gewesen wäre.

Es war sowieso aus.

Valteen Kharal, der Verschollene.

So würden sie mich daheim nennen, wenn die Winterstürme über die Vosheer fegten und der Wind zwischen den alten Türmen des Ordens und den neuen, höheren des Raumhafens pfiff.

An solchen Tagen drückten sich die Familien in der Vosheer, der Hauptstadt Lashmarans, die über die ganze Insel gewuchert war wie eine alte Koralle, an die Heizungsrohre aus der Tiefe und erzählten einander Geschichten. Auch mir hatten meine Großeltern an solchen Tagen von großen Abenteurern und Entdeckern erzählt. Während meine Eltern draußen auf den Unterwasserplantagen ihr Tagwerk verrichtet hatten, hatte meine Großmutter meine Schulaufgaben beaufsichtigt und später, wenn ich zu ihren Füßen vor den Heizungsrohren saß, ihre alten Geschichten erzählt. Von Kyrin Nalyouna, der als erster Mensch einen Fuß auf unseren Mond gesetzt hatte. Oder von Jilesa Faras, die die erste Kolonie im Nachbarsystem gegründet hatte, eine Lashmarakin wie ich immerhin, auch wenn mein Heimatland ansonsten nicht gerade vor Entdeckern strotzte. Irgendwann war dann Großvater aus der Küche herübergekommen, mit salzigem Gebäck oder frischen Geleewürfeln, und es war wieder um den neusten Tratsch aus der Nachbarschaft gegangen. Aber die Träume, die Großmutters Geschichten mir in den Kopf gesetzt hatten, waren nie verklungen.

Auf meiner Reise, durch den Asteroidengürtel und vorbei an den Gasriesen, hatte ich mir oft vorgestellt, dass man über mich auch einmal solche Geschichten erzählen würde. Valteen Kharal, der als erster Mensch die Galaxie verließ. Valteen Kharal, der die große Leere, die sagenhafte Enyo, fand.

Das dachte ich, als ich außerhalb des Sonnensystems den Autopiloten einschaltete, den Interstellar-Antrieb startete und in der Cryokapsel die Augen schloss.

Zehn Jahre Schlaf, eine Woche Wartung und Kurskorrektur. Sieben Mal. Bis an den Rand der Galaxie. Jedes Kind der Neun Welten würde meinen Namen kennen.

Ich hatte mich nicht verrechnet. Bestimmt nicht. Natürlich reichte ein herkömmlicher Kern nicht für eine Reise an den Rand der Galaxie, aber ich hatte eine Technik entwickelt, mehrere zusammenzuschalten, sodass der aktive Kern die Ladung der anderen zog. Die Testflüge waren problemlos verlaufen.

Aber jetzt war der aktive Kern tot, kalt, leer, genau wie sechs der Vorratskerne. Nur im hintersten, den ich als Notreserve eingebaut hatte, glühte es noch schwach, auch wenn die Energie nicht mehr bis in den aktiven Kern gezogen wurde. 7 %. Das reichte von den Neun Welten bis ins Nachbarsystem. Weiter nicht.

Vielleicht konnte ich also noch ein paar tausend Lichtjahre zurücklegen, wenn ich den aktiven Kern mit dem letzten ersetzte. Aber wenn ich schon so weit vorgedrungen war, wie es die verbrauchte Ladung nahelegte, würde mich das nicht nach Hause bringen.

Keine Panik.

Ich atmete langsam ein und aus und schob mich weiter zur Wartungsbrücke zurück. Die Ladung hätte für Hin- und

Rückreise reichen müssen. Das meiste war aufgebraucht. Hatte der Autopilot nicht zwischen den äußersten Systemen angehalten? War der Cryoschlaf nicht rechtzeitig beendet worden? Wie weit außerhalb der Galaxie war ich schon? Beinahe 40 000 Lichtjahre, von der verbrauchten Ladung her geschätzt.

Keine Panik jetzt.

Ich hatte nach dem plötzlichen Erwachen gar nicht genau nachgeschaut, wo ich war, sondern war nach einem großen Schluck Kaffee direkt in den Maschinenraum geeilt, wo die panisch piepende Bord-KI mich haben wollte. Eine Dichtung, das hatte ich erwartet, denn dass die nicht ewig mitmachen würden, war von vornherein klar gewesen. Ein paar Mal war das schon vorgekommen. Und ich hatte eine ganze Kiste Dichtungen dabei.

»Das darf einfach nicht wahr sein!«

Ich schlug gegen die Verkleidung des dritten Kerns und murmelte einen Fluch, als der Schmerz durch meine Hand zuckte.

Ruhe bewahren. Keine Panik.

Zurück in meinem Quartier schloss ich die Tür der Cryokapsel, die ich vorhin in meiner Verwirrung offen gelassen hatte. Ich konnte es mir nicht leisten, auch nur ein Quäntchen Energie zu verschwenden.

Einen weiteren Fluch murmelnd zog ich mir noch einmal Kaffee aus dem Spenderautomaten in die Thermotasse – in der verzweifelten Hoffnung, dass Koffein gegen alles half – und ließ mir auch eine Portion Fischreis ausgeben.

Nur keine Panik. Erst mal ganz im Wachen ankommen, etwas im Magen haben, alle Informationen einholen.

Mit diesen Gedanken ging ich durch den kurzen Schleusengang vor zur Brücke.

Die Faraqé war ein ehemaliges Frachtschiff, das zwischen meinem Heimatplaneten, dem äußersten bewohnten in unserem System, und den Kolonien in den Nachbarsystemen verkehrt hatte. Es war ausgelegt für interstellare Reisen. Einen großen Teil des Frachtraums hatte ich zur Erweiterung des Maschinenraums genutzt, der Rest war für das Cryosystem und die Erweiterung des Spenderautomaten draufgegangen.

Der Brücke sah man die Vorbesitzer noch an. Im Polster der drei Sessel waren Flecken, die ich trotz allen Schrubbens nicht herausbekommen hatte. An den Seiten der Armaturen waren noch die Aufkleber zu sehen, die den Musikgeschmack der Frachtflieger verrieten, nur die Farben waren inzwischen ein wenig verblasst. Einige der Bands gefielen mir, deshalb hatte ich sie kleben lassen. Über dem Frontfenster war das Segenszeichen des Ordens eingeschweißt, ohne dass sich die meisten noch immer nicht aus dem Heimatsystem trauten. Das hätte es wegen mir nicht gebraucht.

In der unteren Ecke des Frontfensters klebte ein Bild von zwei feyischen Schwertschwestern, die eng umschlungen und spärlich bekleidet vor einer Balustrade standen, digital erstellt wahrscheinlich, denn so hätten sich echte Feyen nicht fotografieren lassen. Das hatte ich hängen lassen – nicht aus sexuellem Interesse, sondern um mir immer vor Augen zu halten, was aus jenen wurde, die alten Zeiten nachhingen, statt voranzuschreiten. Bei meinem Aufbruch waren selbst die einfachsten magilektrischen Geräte auf ihrem Planeten noch immer verboten gewesen.

Vor dem Fenster war nur das Schutzverdeck zu sehen, das ruckend und knackend hochfuhr, als ich den Schalter neben den Armaturen umlegte. Draußen waren die Dunkelheit des Alls und die fernen Sterne.

Was hatte ich erwartet? Undurchdringliche Schwärze und ein in der Leere schwebendes Neonschild ›Willkommen in der Enyo‹?

Ich ließ mich in den mittleren Sessel fallen und tippte auf die Tastatur vor mir, um den Brückencomputer aus dem Ruhemodus zu holen. Das Display leuchtete auf und zeigte mir den Startbildschirm, außerdem die Warnung der Bord-KI.

Stellar-Ladung fast aufgebraucht.

Ich stieß überrascht die Luft aus. Es war der 21.10.2765. Knapp siebzig Jahre nach meinem Aufbruch. So lange, wie die Faraqé nach meiner Berechnung bis an den Rand der Galaxie brauchen sollte. Der Cryoschlaf war genau zum richtigen Zeitpunkt beendet worden.

Ich startete die Lokalisierungsberechnung. Ein Ladebalken erschien und füllte sich quälend langsam.

Um die Zeit zu überbrücken, sah ich nach, wie es um die Tanks für die Interplanetar-Triebwerke stand, und atmete auf – damit würde ich ein ganzes Stück weit kommen. Jetzt brauchte ich nur noch ein Ziel. In erreichbarer Nähe.

Keine Panik jetzt.

Wie zur Antwort ertönte ein leises Klingeln und verkündete das Ende der Berechnung.

»Also, wo sind wir denn?«

Außerhalb. In der Enyo.

Aber nicht weit außerhalb. Die Sternkarte auf dem Bildschirm lud nur Stück für Stück, aber die Systeme, die in einiger Entfernung auftauchten, gehörten zum Rimura-Cluster, ganz am Rand der Galaxie, benannt nach der verschollenen Königin der Feyen, angeblich weil dies der letzte Ort war, an dem man je nach ihr suchen würde.

Rimura IV, V und VI waren am nächsten. Ich wusste nichts über diese Systeme, nicht einmal, ob es dort bewohnbare Planeten gibt. Man sollte es nicht meinen, wenn man von den Neun Welten kommt, aber bewohnbare Planeten sind eine Seltenheit.

Mit gerunzelter Stirn überflog ich meinen Reiseplan. Zum jetzigen Zeitpunkt hätte die Faraqé Rimura erst ansteuern sollen. Die Ankunft in der Enyo hatte ich natürlich miterleben wollen. Wir waren schneller gewesen als geplant.

Wie war das passiert? Ich studierte das Reiselog, nur gelegentlich unterbrochen von einem Schluck Kaffee oder einem Löffel Fischreis. Schon kurz nachdem ich das letzte Mal in die Cryokapsel gestiegen war, hatten wir beschleunigt. Nur ein kleines bisschen, aber über die Jahre hatte sich eine Zeitdifferenz von Wochen ergeben.

Außerdem hatte es ein Entladungsphänomen in den Kernen gegeben, das ich mir zunächst nicht erklären konnte. Der größte Teil meiner kostbaren Stellar-Ladung war einfach verpufft, hatte sich selbst neutralisiert. Es war mir unbegreiflich. Nachdem ich mich eine Weile durch Logs und Sublogs geklickt hatte, wusste ich immerhin, dass der Magietransformator schuld war. Das elende Stück hatte die Energie nicht ordnungsgemäß weitergeleitet, sondern umgepolt und zurück in die Kerne gepumpt.

»Wozu habe ich dich denn?«, fragte ich die Bord-KI. »Du hättest mich wecken müssen. Warum hat das keinen Alarm ausgelöst?«

Sie antwortete nicht, natürlich nicht, die Faraqé war nicht das jüngste Schiff und hatte keine Sprachausgabe. Die KI war auch nicht gerade die schlauste. Ein altes Modell. Viel K, wenig I. Vielleicht hätte ich doch warten sollen, noch ein oder zwei Jahre, bis die 2690er Modelle günstiger zu haben gewesen wären. Die hatten in den Testmagazinen gut abgeschnitten.

Im Log sah es nicht nach einer Fehlfunktion aus. Kein Warnsystem hatte angeschlagen. Ein Softwarefehler?

»Ach Scheiße«, zischte ich.

Für solche Überlegungen war es zu spät und jetzt saß ich im Nichts.

Ich hatte es geschafft. Das war weiter, als je ein Mensch vor mir gekommen war. Da wir die einzige Spezies mit interstellarfähigen Raumschiffen waren, durfte ich sogar sagen: Der einzige Bewohner der Neun Welten und der Freien Föderation, der je so weit gekommen war.

Ich war in der Enyo. Das war doch etwas, auf das man stolz sein konnte. Auch wenn niemand jemals davon erfahren würde. Die verbleibende Ladung des letzten Stellar-Kerns und die Planetar-Tanks zusammengenommen würden mich nicht zurück in den Föderationsraum bringen. Nicht einmal in Reichweite meines Kommunikationsmoduls. Jede Nachricht würde Jahrzehnte unterwegs sein.

Wie weit war Rimura entfernt? Gab es dort Planeten mit Atmosphäre?

Wieder der Ladebalken. Dieses Mal konnte ich mich nicht ablenken, sondern starrte ihn an, während meine Finger auf die Armlehnen trommelten.

Bester Treffer: Rimura VI–II. Atmosphäre (N 77 % / O_2 22 % / Ar 0,5 % / CO_2 0,1 %). Liquides H_2O. Durchschnittliche Äquatorialtemperatur 27 °C. Große Mengen Biomasse.

Weitere Treffer: Rimura V–III. Atmosphäre (N 79 % / O_2 20 % / Ar 0,6 % / CO_2 0,1 %). Liquides H_2O. Äquatorialtemperatur 20 °C. Geringe Mengen Biomasse.

Das ließ das panische Stechen, das tief in meinem Bauch gepocht hatte, seit ich die leeren Kerne gesehen hatte, endlich abklingen. Ich hatte eine realistische Chance, zu überleben.

DIE NÄCHSTEN TAGE verbrachte ich im Maschinenraum. Auf der Brücke ließ ich die Yashin-Schwestern laufen, so laut, dass das Feyenbild in der Fensterecke zitterte.

Ich ging auf die Gräberhügel und sah
einen Traum wie Kristall und Tautropfen,
wie alles verschlungen lag.

Unten, wo ich schraubte, rüttelte, fluchte oder halblaut mitsang, hörte man sie noch gut genug, wenn die Bord-KI nicht plötzlich auf die Idee kam, die Luftschleusen zwischen Brücke und Maschinenraum zu schließen.

Beim ersten Mal hatte ich mich noch erschreckt und einen halben Tag darauf verschwendet, ein etwaiges Leck ausfindig zu machen. Nach dem dritten Mal kam ich zu dem Schluss, dass die KI meinen Musikgeschmack nicht teilte. Die kehlsingenden Schwestern von den radhurinischen Inseln mit den schrillen Saitenklängen und tiefen Bässen waren nicht jedermanns Sache, aber mir machten sie gute Laune und die konnte ich gerade gut brauchen.

Wie Zahnräder tote Lippen bewegen,
und Leere in die Herzen gießen.
Doch aus der Dunkelheit sinkt das Licht.
Und nieder stürzen flehend und schreiend,
die sie Götter nennen.

Ich wollte zurückkehren.

DIE MEISTEN PLANETENGEBUNDENEN, die ich in meiner Jugend gekannt hatte, waren schon Jahrzehnte vor meinem Aufbruch gestorben und hatten ihre Wärme den

Öfen unter der Vosheer geschenkt. Aber einige von den Interstellar-Piloten, mit denen ich während meiner Zeit in der Handelsflotte zusammengearbeitet hatte, hatten den größten Teil der vergangenen Jahrzehnte sicher auch im Cryoschlaf verbracht und lebten noch. Die unsterblichen Ordensleute sowieso. Es würde sich nicht viel verändert haben. Ich wollte mit Jolyé und Larin in einem der Pubs tief im Gestein der Insel sitzen, über dieses verrückte Abenteuer lachen, einen Becher Brant nach dem anderen trinken und mich über die schwer erkennbaren Spitzel und die offen agierenden Patrouillen des Ordens ärgern. Außerdem wollte ich wissen, ob ihre Lieder die Yashin-Schwestern nicht doch noch vor Gericht gebracht hatten.

Der Freie Föderation, zu der mein Heimatland gehörte, war im Stillstand gefangen. Der Frieden und der Wohlstand der vergangenen Jahrhunderte hatten uns träge gemacht.

Sicher, die Föderation war die vorherrschende Macht in den Neun Welten und allen Kolonien und gebarte sich, als müsse mit dem Sieg des *Guten* alle Geschichte ein Ende finden.

Ein Gläschen Brant zu viel und ich konnte mich stundenlang darüber auslassen. Das hatte mir an der Akademie einen Ruf als Querulant eingebracht. Gerade unter den Wissenschaftlern wurde streng auf Ordenstreue geachtet.

Eine Zeitlang hatte ich damals nach meinem Abschluss versucht, einen interstellarfähigen Antrieb zu entwickeln, der ohne die mysteriösen Stellar-Kerne auskam, deren Herstellung die Ordensleute fest in der Hand hatten. Noch eines meiner Hirngespinste, wie Professor Jergal gern gescherzt hatte. Zu den Sternen würden nur die Götter reisen und diejenigen, die sie in ihrer Gnade an ihrer Macht teilhaben ließen. Aber mir reichte das nicht. Die großen

Errungenschaften unserer Zivilisation verdankten wir nicht Frömmelei und Demut, sondern Einfallsreichtum und Entschlossenheit. Das wusste ich, seit ich als Kind bei meiner Großmutter gesessen und ihr zugehört hatte.

Die Berechnungen und Prototypenentwürfe zu meinem Fusionsantrieb lagen verstaubt in den Schubladen meines Büros. Oder hatten dort gelegen, als ich aufgebrochen war. Wahrscheinlich war das Zimmer längst entrümpelt und weiterverkauft, die Entwürfe in die immer hungrigen Öfen tief unter der Vosheer geworfen.

So hatten sie der alten Inselstadt ihre Wärme geschenkt. Die Hoffnung auf Unabhängigkeit für die Sterblichen war als Rauch durch die Heizungsrohre der Fabrikhallen und Werkstätten tief unten gezogen, durch die Wohneinheiten der Gewöhnlichen bis hinauf in die hellen Gänge der Ordenstürme, wo die Unsterblichen lebten, die sich den Göttern geweiht hatten und in ihrem Namen Magie wirkten. Zuletzt war sie ganz nach oben gedrungen, in den Hohen Turm, in dem die Ordensfürsten seit Jahrtausenden überdauerten, längst aller Menschlichkeit bar, gottgewordene Seelen in zu alten Körpern, die mithilfe implantierter Module bewegungsfähig blieben, um sich weiter Jahrhundert um Jahrhundert an ihre Macht zu klammern. Die göttlichen Herren von Lashmaran.

Fördergelder für das Projekt hätte ich von ihnen niemals bekommen. Möglich, dass mich diese Forschungen sogar hinter Gitter gebracht hätten, wenn ich sie weiterverfolgt hätte. Also hatte ich die Akademie verlassen und war Raumpilot bei der Handelsflotte geworden. Interstellar-Erfahrung und gutes Geld hatte mir das gebracht, mit dem ich meinen alten Traum aus Kindertagen hatte verwirklichen können. Den Weg in die Enyo zu finden, war leichter gewesen, als in der Enge der Vosheer einen magiefreien Interstellar-Antrieb zu entwickeln.

Als die musik auf einmal verstummte, dachte ich für einen Augenblick, die KI habe sich etwas Neues einfallen lassen, um den Lärm zu beenden. Dann hörte ich das schrille Piepen des Alarmsignals.

Ich ließ den halb ausgebauten Kern, wo er war, und kam im Laufschritt auf der Brücke an.

Notsignal empfangen.

Das stand auf dem Bildschirm.

»Du spinnst doch«, sagte ich. »Wir sind mitten im Nirgendwo.«

Notsignal empfangen.

Ein Softwarefehler. Das war die einzige Erklärung. Seit meinem unsanften Erwachen hatte ich einige davon in Aktion erlebt. Dabei war die KI, veraltet oder nicht, solide und gut in Schuss gewesen, als ich sie daheim das letzte Mal getestet hatte. Auch die Ordensleute, die mit undurchsichtigen Mienen mein zusammengebasteltes Forschungsschiff auf Herz und Nieren geprüft hatten, bevor sie endlich die Interstellar-Erlaubnis erteilten, waren von ihrer Funktionstüchtigkeit überzeugt gewesen. Warum nur machte sie jetzt Fehler über Fehler?

Ich seufzte und sah nach, ob dieser angebliche Notruf auch einen Inhalt hatte.

Es war ein automatisierter Schiffsnotruf, ausgesendet von einer KI, die noch veralteter war als meine eigene. Ich runzelte die Stirn und rückte näher an das Display, als hätte ich nicht schon klar und deutlich gelesen, was für ein Schiffstyp das war. Ein paniarouischer Minentransporter, Baujahr 2457.

Eine Antiquität. Und aus Paniarou? Ausgerechnet? Der rückständigste Planet von allen neun? Die reptiloiden Shadku standen noch heute auf einer Zivilisationsstufe, die meine Vorfahren beim Übergang zu Strahlenwaffen hinter sich gelassen hatten, nur dass sie ihre Bodenschätze gegen Hardware von meinem Heimatplaneten eintauschten. Ohne die Raumfahrttechnik von Kaneth wären sie noch immer an ihren Planeten gebunden.

Aber das Datum, die Uhrzeit und sogar die Koordinaten stimmten. Ausgangspunkt des Notsignals war Rimura V-III.

Ich atmete tief ein und starrte auf die noch immer blinkende Meldung.

Was, wenn da wirklich ein paniarouisches Schiff war? Ein Absturz auf einem fremden Planeten. Unwahrscheinlich, dass es Überlebende gab, darum auch der automatisierte Notruf. Aber Überlebende oder nicht, auch die Shadku mussten kanethische Stellar-Triebwerke verwenden. Andere gab es nicht.

Ich sah mir die Meldung noch einmal ganz genau an. Da stand nichts von Tanklecks oder Kernstörungen ... Es klang nach Bruchlandung.

Die Eidechsen waren nicht als begnadete Piloten bekannt. Sie sahen schlecht und erweiterte Sensortechnik, die das ausglich, hatten sie noch nicht entwickelt, stattdessen kauften sie kanethische Module und Software, die für Menschen gemacht waren.

Also lag dort drüben vielleicht noch ein brauchbarer Stellar-Kern herum. Oder wenigstens Treibstoff für die Planetar-Triebwerke.

Von oben sah der Planet öde aus. Größere Wasserflächen waren nicht zu erkennen. Graue Wüste, so weit das

Auge reichte. Keine Städte, keine Raumhäfen. Irgendwo mussten Pflanzen sein, Wasser wahrscheinlich auch. Nur weil der Planet aus der Ferne lebensfeindlich aussah, musste das nichts heißen. Auch mein Heimatplanet Kaneth wäre einem fremden Besucher unbewohnbar vorgekommen, wenn er einen Blick auf das Landesinnere geworfen hätte. Dort gab es nur Eis und kaum Siedlungen.

Das Wrack, so es denn wirklich eines gab, musste in der Nähe des Äquators liegen. Ich gab die exakten Koordinaten ein und aktivierte den Flugassistenten.

Das Gefühl, wenn das Schiff sich auf einen Planeten herabsenkt, der Ruck beim Eintritt in die Atmosphäre, das Fauchen, das Rütteln … Ich liebte es noch wie beim ersten Mal.

Ich überflog die Koordinaten einmal und hielt nach einem geeigneten Landeplatz Ausschau. Zwischen einigen Felsen und grauen Büschen lag er wirklich: ein paniarouischer Minentransporter. Die knubbelige Bauform und die bunten Muster auf der Verkleidung waren unverkennbar. Im Tal gab es eine freie Geröllfläche, die ich mir zur Landung aussuchte. Ich flog einen Bogen, drehte die Triebwerke im richtigen Moment und ließ die Faraqé vorsichtig auf den Steinen aufsitzen. Es gab nur einen kleinen Ruck. Hoffentlich saß doch jemand dort drüben in dem Minentransporter und hatte diese perfekte Landung gesehen.

Ich führte noch einmal eine Analyse der Atmosphäre durch, aber der Computer behauptete nach wie vor, dass sie atembar war. Also zwängte ich mich in meinen Schutzanzug. Eine kleine Ration Sauerstoff füllte ich in den mobilen Tank. Man konnte ja nie wissen. Das Visier meines Schutzhelms hatte ich heruntergefahren, allerdings auf Umgebungsbetrieb gestellt. So weit vertraute ich meinen Sensoren dann doch. Bereit, sofort auf Druckbetrieb umzuschalten, trat ich schließlich in die Luftschleuse und, als die Tür sich zischend öffnete, hinaus auf Rimura V–III.

Es roch mineralisch. Das war das Erste, was mir auffiel. Dann bemerkte ich den feinen Staub, der in der Luft schwebte. Die Landung musste ihn aufgewirbelt haben. Zwischen den Steinen, die unter meinen Stiefeln knirschten, sah ich noch mehr davon. Das Tal war eingefasst von spitzen Felsen, die sich klar vor dem grünlichen Himmel abhoben. An seinem Grund sah ich aus der Nähe Wasser glitzern. Es musste größtenteils unter dem durchlässigen Geröll laufen.

Erst auf den zweiten Blick war die Flora sichtbar: Die Moose, die zwischen den Steinen wucherten, waren von ähnlich grauer Farbe wie das Gestein, nur ein wenig dunkler, und federten, wenn man auf sie trat. Weiter oben im Tal sah ich auch niedriges Buschwerk und farnartige Gewächse. Als ich eines antippte, löste sich Staub von den Blättern, die darunter von einem blassen Graugrün waren.

Zu dem Minentransporter war es ein kurzer Fußmarsch. Er stand auf einem Plateau, das über das Tal blickte und auf zwei Seiten von Klippen überragt wurde. Ein geschützter Ort, geeignet für ein Lager, wenn man es schaffte, auf dem engen Raum sicher zu landen – aber nur ein Wahnsinniger würde das versuchen.

Ich umrundete das Schiff in größerem Abstand und suchte nach Schäden, Macken, Dellen – irgendeinem Hinweis, dass es hier verunglückt war –, aber fand nichts dergleichen. Es war unbeschädigt.

Nicht nur das, die Luftschleuse auf der geschützten Seite zu den Klippen hin stand offen. Ein Vorhang aus getrockneten Farnwedeln hing davor. Mit Tüchern war ein Bereich zwischen dem Schiff und der Felswand überhängt, auf dem auch Teppiche und Sitzkissen lagen. Jemand lebte hier.

Ich fuhr mein Visier zurück und lauschte, aber es war nichts zu hören.

»Hallo? Ist da wer?«, fragte ich.

Ich benutzte Kramerisch, die alte Händlersprache, die in verschiedenen Lokaldialekten in allen Neun Welten verstanden wurde. Mit meinem heimatlichen Lashmaranisch würde ich jedenfalls nicht weit kommen, wenn hier wirklich Shadku lebten.

Als keine Antwort kam, trat ich näher an das Schiff heran, rief noch einmal, und als auch das unbeantwortet blieb, stieg ich die kurze Treppe zur Luftschleuse hinauf. Hinter dem Vorhang war es dunkel, aber es roch sauber und eigenartig pflanzlich.

Ich folgte dem kurzen Gang zur Brücke. Der Bordcomputer war ausgeschaltet. Ein paar Lämpchen blinkten an einer separaten Armatur, in der ich die Steuerung des Lebenserhaltungssystems vermutete. Die Beschriftung konnte ich nicht entziffern, aber das leise Summen der Ventilation erfüllte den Raum.

Plötzlich hörte ich hinter mir ein Geräusch, das ich nicht zuordnen konnte. Es klang wie das Knattern einer defekten Lüftungsklappe und das Klicken einer antiken Uhr. Ich drehte mich um – und stolperte mit einem Aufschrei rückwärts zwischen die Steuerarmaturen.

Da stand etwas. Es war größer als ich und stieß sich fast den Kopf – falls das der Kopf war – an der Decke. Oben waren dunkle Knoten, die der Kopf sein konnten, oder es waren vielleicht auch mehrere Köpfe. Dazwischen ringelten sich tentakelartige Verbindungen und Auswüchse, von denen einige bis zum Boden reichten. Womit es knatterte und klickte, erkannte ich nicht.

Dass es versuchte, mit mir zu sprechen, begriff ich erst, als es einen handelsüblichen Decoder irgendwo aus seinen verschlungenen Tiefen hervorkramte und mit einer Tentakelspitze darauf herumtippte.

»Wer bist du?«, krächzte der Decoder.

Ich schluckte und nahm mich zusammen.

»Valteen Kharal von der Enyo-Expedition der lashmaranischen Raumakademie. Mein Schiff steht ein Stück das Tal runter.«

Das Tentakelwesen nutzte die Übersetzungsfunktion des Decoders nicht, sondern wippte mit seinen Knoten, bevor es wieder tippte.

»Ich bin …«

Den Namen konnte der Decoder nicht übersetzen, sondern gab nur ein doppeltes Klicken und ein Knacken von sich.

»Ich bin der Nestwächter von Puri. Komm mit.«

Klick-Klick-Knack ging voraus, ich folgte ihm. Dieses Wesen gehörte keiner Spezies der Neun Welten an und ich vermutete, dass es ein endemischer Bewohner von Rimura V–III war.

»Bist du eine Feye?«, krächzte der Decoder. »Du siehst aus wie eine Feye.«

»Nein. Ein Mensch.«

Ich konnte Klick-Klick-Knack die Verwechslung nicht verdenken. Menschen und Feyen ähneln einander. So sehr, dass die Astrobiologen von gemeinsamen Vorfahren ausgehen, auch wenn die genetischen Übereinstimmungen so gering sind, dass man von verschiedenen, allenfalls entfernt verwandten Spezies sprechen muss. Für ein Wesen wie Klick-Klick-Knack mussten wir gleich aussehen. Hatte es schon einmal eine Feye gesehen?

»Ein Mensch? Ach je.«

Es hatte schon einmal eine Feye gesehen. Verflucht seien die Sterne, diese Arroganz … Zaubermacht hin oder her, wir flogen zu den Sternen, sie beteten sie nur an.

Wir stiegen in den Maschinenraum hinunter. Ich vermutete, dass es mich zum Besitzer dieses Schiffs brachte, und wurde nicht enttäuscht. Ein Paar dünner Beine in grauen Hosen schaute aus einem Wartungsschacht heraus. Klick-Klick-Knack knatterte aufmerksamkeitsheischend.

Die Beine hingen an einem Körper in einem zu weiten Schiffsoverall. Zuletzt folgte ein Kopf mit kurzem perlmuttfarbenem Haar, spitzen Gesichtszügen und großen, bernsteinfarbenen Augen. Eine Feye, unverkennbar. Auf ihrer Wange war etwas Maschinenöl verschmiert, ein paar Flecken prangten auf dem Overall, ihre Hände waren voll damit, genauso wie der Teststab in ihrer Hand.

Sie saß vor dem Wartungsschacht auf dem Boden und sah ähnlich verblüfft zu mir hoch wie ich auf sie hinunter.

»Ach je«, sagte sie schließlich, im gleichen Tonfall wie der Decoder zuvor. Ihr Blick wanderte zu den Kennzeichen auf meinem Anzug. »Lashmarakin? Auf Rimura V–III?«

»Nur ich. Enyo-Expedition. Von der lashmaranischen Raumakademie«, sagte ich. »Valteen Kharal. Wer bist du? Was … Wie kommst du hierher? Mit diesem Schiff?«

Sie stand auf und rieb sich die Hände an einem Tuch aus einer ihrer vielen Taschen sauber.

»Dhana«, sagte sie. »Wir mussten vor ein paar Jahren hier Rast einlegen, weil Puri nisten wollte.«

»Puri?«

»Ein Mitglied meiner Crew. Sie schlafen gerade im Nest.«

Dhana stemmte die Arme in die Seiten und sah mich lange an. Ich dachte an die angeblichen Fähigkeiten der

Feyen, an Telekinese, Psychokinese, und an die Strahlen-
pistole an meinem Gurt.

»Was hat die lashmaranische Raumakademie auf Rimura
V–III zu schaffen?«

Gar nichts, wäre die ehrliche Antwort gewesen. Die Akademie hatte ein bisschen Geld zugeschossen, um ihren Namen auf den Forschungsbericht setzen zu dürfen, falls ich
Erfolg haben sollte. Mehr hatte sie hiermit nicht zu tun.

»Enyo-Expedition. Ich war jenseits der Galaxie und bin
jetzt auf dem Rückweg. Dabei habe ich euer Notsignal empfangen. Aber nach einer Bruchlandung sieht es hier nicht
aus.«

Dhanas Gesichtsausdruck änderte sich von misstrauisch
zu bestürzt.

»Ach ... Deshalb bist du hergekommen? Entschuldige,
ich habe vorletzten Monat unsere Kommunikationssys-
teme getestet und dachte nicht, dass jemand in der Nähe
ist.« Sie zögerte. »Komm mit, wir sind weit entfernt von
unserer Heimat, aber die Gastfreundschaft wollen wir nicht
ganz vergessen.«

Ich folgte ihr aus dem Maschinenraum, blieb aber auf
halbem Weg mit offenem Mund stehen. Mein Blick war
auf ihren Stellar-Kern gefallen. Nur ein einziger war es,
der wie ein Drachenei in der Mitte des Raums thronte. Die
sanft leuchtende Ladungsanzeige ließ keinen Zweifel: Er
war voll.

»Wie bist du hierhergekommen?«

Dhana lächelte. »Ach, weißt du, ich verstehe viel von Magie, aber was ihr Kanether an Technik und Wissenschaft
hervorgebracht hat, begeistert mich schon immer und ich
habe viel darüber gelernt. Die Kristalle aufladen kann ich
selbst und damit eine Kernfusion hinzubekommen, ist

gar nicht so schwierig. Aber was die Knack-Knack-Krack in ihren Schiffen verbaut haben, ist unglaublich. Wenn dich das interessiert, solltest du unbedingt ...«

In diesem Augenblick rannte ein kniehohes Wesen herein, mit großen, dunklen Augen, schuppiger Haut und einem beweglichen Schwanz, der aufgeregt hinter ihm her fegte. Es trug eine angebissene Frucht in den Händen und huschte hinter den Stellar-Kern, ohne uns eines Blickes zu würdigen.

Hohe Schreie folgten ihm und gleich darauf stürzten zwei weitere dieser Kreaturen herein. Sie trugen Lendenschurze aus gelbem Stoff. Ihre Schwänze peitschten auf den Boden, während sie sich suchend umsahen. Klick-Klick-Knack knatterte freundlich und strich ihnen mit seinen Tentakeln über die Köpfe.

Puri, die genistet hatte, musste eine Shadku sein, das hier ihre Kinder. Die Rufe der kleinen Echsenwesen gellten mir in den Ohren. Siebzig Jahre Stille hatten ihre Spuren hinterlassen, auch wenn ich nur wenige Wochen davon wach gewesen war. Ihre Sprache verstand ich nicht.

Dhana lächelte und bedeutete mir mit einem Winken, ihr zu folgen.

»Wie groß ist deine Crew?«, fragte ich auf dem Gang, als das Gelärme der spielenden Kinder hinter uns leiser wurde.

»Vierzehn, die Kinder nicht mitgerechnet.«

»Ich dachte nicht, dass Shadku den Cryoschlaf aushalten. Sind sie nicht sehr kälteempfindlich?«

»Ganz im Gegensatz zu den Menschen aus dem ewigen Eis Kaneths.« Dhana lächelte mir zu. »Wir haben kein Cryosystem, dafür einen Garten. Ich wäre allein geflogen, aber die Pakuia braucht eine Crew von mindestens vier Personen.«

Ich brauchte einen Augenblick, um die Bedeutung ihrer Worte zu begreifen. Ihr selbst kam eine Reise von mehreren Jahrzehnten vielleicht wie ein Augenblick vor. Aber den Shadku?

Ich blieb stehen.

»Wie viele Generationen sind schon im Weltraum geboren worden? Ohne jede Hoffnung, ihre Heimat je wiederzusehen? Sie wissen gar nicht, was du ihnen antust, oder?«

Dhana wandte sich zu mir um, die Stirn in Falten gelegt.

»Ihre Vorfahren kamen freiwillig mit mir. Für jedes Nest haben wir einen guten Planeten gesucht. Wer zurückbleiben wollte, blieb zurück. Nimmst du dir heraus, ihre Entscheidungen in Frage zu stellen? Ihr Lashmarakin habt sie schon immer für halbe Tiere gehalten.«

»Sie haben doch gar keine Grundlage, auf der sie entscheiden könnten. Gibt es auch nur ein Crewmitglied außer dir selbst, das die Neun Welten je gesehen hat?«

»Es gibt genug, was du nicht gesehen hast, trotzdem hältst du deine eigenen Entscheidungen für begründet.«

Dhana wandte sich ab und ging weiter. Leicht aus der Ruhe zu bringen war sie nicht. Mir dagegen schwirrte der Kopf.

Ich brauchte sie. Ich brauchte ihre Hilfe. Aber eine unsterbliche, zaubermächtige Feye, die Generationen von Shadku verschliss, um ihre Reise fortsetzen zu können ... Oder hatte sie recht? Beruhte meine Ablehnung nicht auf überlegener Moral, sondern auf der jahrhundertealten Arroganz meiner Landsleute gegenüber Nichtmenschen? Nahm ich an, dass sie als Unsterbliche auf mich herabsah, während ich selbst auf die Shadku herabblickte?

Sie führte mich aus dem Raumschiff heraus und wies mir einen Platz auf den Sitzkissen zu. Ihre Gastfreundschaft hatte ich mir immerhin nicht verspielt. Vielleicht sollte ich mich entschuldigen.

»Warte bitte hier.«

Ich fuhr mit der Fingerkuppe über die gestickten Ornamente des Kissens, die mir ausgesprochen paniarousich vorkamen. Ein guter Planet für jedes neue Nest. Shadku wurden nicht ganz so alt wie Menschen, wenn ich mich nicht täuschte. Drei oder vier Mal musste genistet worden sein, vorausgesetzt, die Pakuia und ihre seltsame Crew waren auf direktem Weg geflogen so wie ich. Generationen waren auf verschiedensten Planeten geboren worden, weitergereist, auf anderen Planeten begraben worden. Nichts war gleich geblieben, bis auf das Schiff und die Feye.

Klick-Klick-Knack kam mit den Kindern heraus. Sie stürmten davon, das Tal hinunter, und warfen sich einen bunten Ball zu. Das Tentakelwesen waberte näher, setzte sich aber nicht.

»Ich habe noch nie einen Menschen gesehen«, teilte es mir durch den Decoder mit. »Entschuldige die Verwechslung. Eure Spezies schätzen einander nicht.«

»Wir haben eine lange Geschichte. Manchmal waren wir auch Verbündete, aber ... es ist schwierig, wenn die einen sehr lange leben und die anderen nur kurz.«

Dhana kam wieder aus dem Schiff. Sie trug einen Krug mit einer goldenen Flüssigkeit darin und zwei Kelche, deren Stiele sie sich geschickt zwischen die Finger gesteckt hatte.

Das Sonnenlicht funkelte auf ihrem Perlmutthaar und brach sich in dem goldenen Getränk.

Sie schenkte uns ein und prostete mir lächelnd zu.

»Hab Dank, dass du unserem Notruf gefolgt bist, auch wenn es nicht nötig war. Ihre Hilfsbereitschaft habe ich immer an den Kanethern geschätzt.«

Ich nahm einen Schluck und erstarrte. So etwas hatte ich noch nie geschmeckt. Es war süß, kühl und hinterließ einen Film im Mund, der sich anfühlte wie reines Sonnenlicht. Ich nahm noch einen Schluck und schloss die Augen. Trinkbares Sonnenlicht.

»Dein erster Honigwein?« Dhana lachte leise. »Auf Kaneth kennt man ihn noch immer nicht? Als ich zuletzt dort war, wogen immerhin die Ordensfürsten ein Fass in Gold auf. Genieße ihn. Viel habe ich nicht mehr davon. Es ist lange her, dass ich aufgebrochen bin.«

Ich hob die Augenbrauen. Dhana seufzte.

»Vor etwa dreihundert Jahren. Raumhafen Aurona.«

Ich konnte es nicht verhindern. Ich gab ein kurzes, ungläubiges Lachen von mir.

»Bist du die verschollene Feyenkönigin?«

Ein Blick in Dhanas Augen verriet mir, dass sie das nicht lustig fand. Überhaupt nicht lustig.

»Entschuldige, das war … unangebracht. Es ist nur … Es ist so unerwartet und … abstrus, dich hier zu treffen.«

»Oh, glaub mir, ich habe auch nicht mit deinem Besuch gerechnet.«

Dhana nahm noch einen Schluck und ich tat es ihr gleich.

»Ich dachte nicht, dass die Ordensfürsten Reisen hier heraus jemals erlauben würden.«

Mir schauderte beim Gedanken an diese magiegetränkten Unsterblichen, mit ihren vom Verschleiß der Zeit geschwächten Gliedern, zur Hälfte ersetzt mit mechanischen Prothesen.

»Ich denke, sie erwarteten nicht, dass ich es scha…«

Ich verstummte mitten im Satz. Die undeutbaren Mienen der Ordensleute, die die Faraqé geprüft hatten. Die Softwarefehler. Die Entladungsphänomene in den Kernen.

Die einzigen, die außer mir je an der Faraqé zugange gewesen waren, waren die Ordensmechaniker gewesen. Als sie alles geprüft hatten, für die Interstellar-Erlaubnis. Sie würden doch nicht ... Gemeinschaft wurde hochgehalten auf Kaneth. Lashmarakin hielten zusammen. Aber tief in meinem Herzen wusste ich es. Natürlich würden sie. Natürlich *hatten* sie.

Ich hatte keines ihrer Gesetze gebrochen und hatte geglaubt, nichts fürchten zu müssen, wenn ich einem Konflikt mit dem Orden aus dem Weg ginge. War das nicht immer ihr Versprechen gewesen? Schutz gegen Gehorsam? Freiheit, solange man ihnen die Macht ließ? Aber mir hatten sie dieses Versprechen gebrochen. Hatten sie solche Angst vor mir? In meinem Inneren kämpften Schmerz und Trotz miteinander. Lashmaran hatte mich in den Tod schicken wollen. Aber ich war nicht tot. Und mit etwas Hilfe würde mir vielleicht sogar die Rückkehr gelingen.

DIE TENTAKEL RINGELN SICH UND WIPPEN BEIFÄLLIG. Ich weiß nicht, ob sie die Tragweite meiner Pläne verstehen und gutheißen – oder ob ihnen nur die Geschichte gefallen hat. Als ich ihnen vom Verrat des Ordens erzählt habe, war ihr Knattern voller Wut, da bin ich mir sicher. Sie werden mir sagen, was sie darüber denken. Und ob sie mein Hilfsersuchen annehmen. Ein Schwarm neuer Freunde in einem inselgroßen Tentakelschiff dürfte es für den Orden schwierig machen, meine Rückkehr geheim zu halten.

Paradies

Björn Helbig

DER FLUSS.

Es grünt so grün, und eine Frau sitzt an einem Fluss. Wo sich die Natur noch ungestört entfaltet, wachsen die Wiesenkräuter. Das blaue Wasser, die silberne Gischt, die goldenen Strahlen der Sonne. Es ist warm, aber nicht heiß. Es ist: angenehm. Der Himmel spiegelt sich auf dem Wasser, und das Wasser spiegelt sich im Himmel. Und die Frau sitzt dort, spürt das Gras unter sich, spürt den Wald hinter sich, blickt in den Fluss, sieht die Zukunft, sieht die Vergangenheit, atmet ein, atmet aus. Gegenwart. Gegenwart. Nimmt alles in sich auf. Und da ist es, eine Ahnung des Gefühls, wegen dem sie das alles tut: Glück. Glücklich sein. Sein. Frei sein. Absolut frei. Das Grün um die Frau duftet genau so: nach Freiheit und Leben, nach Leichtigkeit. Und doch – und doch ist da dieses gewisse Etwas, dieses Verlangen, das aus dem Augenblick herausragt, die Sehnsucht nach mehr, dieses Kribbeln, ja, da ist es doch!?

Die Frau sitzt im Gras, blickt auf das Wasser, in die springenden Tropfen: unzählige Welten, die in allen Farben schillern, die kommen und gehen.

Dann hört sie ein Heulen und lächelt.

Bestimmt ein Wolf, denkt sie. Mein gewisses Etwas! Jetzt ist sie sich sicher. Sie spürt ein erregendes Ziehen in ihrem Unterleib. Auch der Mann, den sie nachher treffen wird, ist ein Wolf, ist ein Raubtier, wild und gefährlich; sie werden sich begegnen, vielleicht im Wald – und er wird Mensch. Oder wird sie zu seiner Art? Und dann, dann werden sie zusammen laufen durchs Grün, immer weiter und weiter.

Die Frau seufzt. Wann ist es nur so weit, wann? Doch weiß sie natürlich, dass erst das Warten alles gut macht. Und sie konzentriert sich wieder auf die Pracht, die sie umgibt.

Gegenwart. Gegenwart.

Auf einmal blitzt es am Himmel.

Für einen Moment scheint alles aufzureißen, scheint sich das Licht durch die Atome der Materie zu drängeln und die Welt schrecklich zu verzerren. Die Welt, ihre fein gesponnene Welt, wird grob und hässlich. Pixel. Pixel. Pixelpixelpixel.

Nein, denkt sie, so laut sie kann! Und antwortet sich gleich darauf: Doch. Leider.

Es ist zu spät – sie erinnert sich.

Sie erhebt sich, zieht den Vorhang auf – und verlässt das Paradies.

Der raum.

Alles ist – zunächst – ganz schwarz in diesem Raum. Alles. Das ist immer schwarz. Und die Frau seufzt ein weiteres Mal. Sie ist allein. Sie hat sich verzockt vor langer Zeit. Sein, hatte sie auf der Suche nach dem Glück gedacht, wäre für alles die Voraussetzung. Darauf, auf dieses Fundament, hatte sie gebaut. Und da war sie nun. Und sie war und war und war. Glücklich war sie vielleicht am Anfang kurz, die ersten tausend Jahre. Ein bisschen jedenfalls. Vielleicht auch nicht. Die Zeit war das Problem. Zuviel davon, das ihre. Das ihre, ha! *Dies irae dies illa – Tag der Rache, Tag der Sünden, wird das Weltall sich entzünden ...* Schön wär's!

Sie hatte viel probiert – Welten hatte sie erschaffen, unzählige Zivilisationen, ihnen bei Geburt und Tod von ihrem Sessel zugesehen, von dem Sessel in dem schwarzen Raum, der immer da war, wenn sie wollte. Allmacht: Das heißt, einen Sessel herbeizaubern zu können.

Sie hatte zugesehen. Zugesehen, wie viele andere ihrer Kreationen zu guter Letzt wie sie in ihren Räumen verschwanden. Um dort wohl ebenso allmächtig einsam ihre Zeit zu fristen – ganz wie sie. Oder: Sie waren schlau. Denn früher oder später wünschen Götter sich nur eines. Sie wünschen sich zu sterben. Göttinnen: Das sind die Geschöpfe, die sich falsch entschieden haben.

Sie probierte und probierte, aber weil alles möglich war in diesem Raum, nur eben eines nicht, war es, nach einer Ewigkeit, das eine, was sie wollte. Glück und Sein, das hatte sie zu spät erkannt, lagen an den entgegengesetzten Enden der Unendlichkeit.

DIE ENTSCHEIDUNG.

Alles ist schwarz, außer dem Sessel. Die Frau setzt sich darauf. Vor ihr wachsen Bilder aus der Nacht, die Vergangenheit, die unzähligen schon gelebten Leben, seit sie sich entschlossen hat zu vergessen. Zu vergessen, dass sie für immer hier sein wird. Zu vergessen und immer wieder zu vergessen. Und so sitzt sie da, auf ihrem Sessel und erinnert sich und weint, weil sie keine Hoffnung hat. Göttinnen: Das sind die, die keine Hoffnung haben.

Die Bilder kommen und gehen, vergehen im Schwarz. Da, ein Bild, wie sie läuft, einfach läuft durch eine Landschaft, traumhaft karg und öd, doch sie erinnert sich, war dort nicht etwas Glück? Doch auch da, da hinten, blitzt am Himmel die Erinnerung. Dort ein Bild: Da schwimmt sie mit Delfinen und – vorbei. Und dort, dort kämpft sie ihre Feinde nieder. Einer fällt, ein anderer kommt, es hört nie auf – doch, hach, sie kämpft so gut! Ein anderes Bild: Sie ist ein Affe, rennt. Rennt und rennt. Rennt einen Abhang hinab. Manchmal springt sie, ergreift eine Liane, die von Bäumen dort überall herabhängen, schwingt sich, das macht Spaß! Und vorbei. Zerplatzt wie eine Seifenblase.

Zerplatzt, zerplatzt, zerplatzt und überall um sie herum zerplatzen Blasen, werden zu buntem Konfetti, das auf sie herabrieselt. Nein! Sie wischt die Farben fort. Es ist wieder finster. Aus dem Schwarz wächst ein Tisch, alt und schwer. <Ein Möbelstück der absoluten Luxusklasse! Der optische Traum in jedem Zimmer!> Ihre Hand: zieht eine Schublade auf. Darin: eine Pistole so silbern wie der Mond, wenn die Allmächtige ihn silbern will. <Eine beliebte Waffe zum günstigen Preis, geschätzt für ihre Zuverlässigkeit gegen Mensch und Monster, beliebt bei Behörden und Spezialeinheiten quer durch die Dimensionen, durch viele Zubehörteile an die eigenen Bedürfnisse anpassbar.> Eine Idee: Silberne Kugeln wären doch schön! Schließlich war ein Wolf im Wald. Sie nimmt die Waffe, zielt kurz ins Schwarz, hält die Waffe dann an ihre Schläfe – und drückt ab. [xsaiioy567°qs//-..;155]

DAS PARADIES.

Pixelpixelpixel. Farben explodieren. Im Universum brennt ein Feuer, lila Funken sprühen nach – überall; während silbrig glimmend Nebel ein neues Bild enthüllt. Sie stürzt. Kurz grünt's noch grün, und irgendwo, da schreit ein Vogel; dann liegt sie in weißen Decken, frisch und sauber und <so klar wie ein neuer Morgen>. Sie liegt in ihrem Bett und ihre Mutter küsst ihr zart die Stirn, eine Katze schnurrend irgendwo. All das – nur ein Wimpernschlag. Sie blinzelt eine Träne weg. Ihr Gesicht ist kalt, eisige Luft bläst ihr entgegen. Doch ihr Körper, warm und stark, sie hat die Kontrolle.

Sie rast auf ihren Skiern einen Berg hinab.

Hinab. Sie blickt nach unten, sieht Zukunft, sieht Vergangenheit, atmet ein und atmet aus. Gegenwart. Gegenwart.

Nimmt alles in sich auf. Unter sich: die Wolken. Und über ihr ein großer Vogel, ein Adler, der ihr folgt. Sie lächelt. Lächelt, wedelt weiter und hinab, hinab. Im aufgewirbelten Schnee: unzählige Welten, die in allen Farben schillern, die kommen und gehen.

Sie wird noch eine Weile fahren, bis ihre Beine heiß sind, zittern. Gut Ding hat Weile!

Genau im richtigen Moment wird sie zu einer Hütte kommen, wo sie rasten kann. Das Feuer im Kamin, der heiße Tee mit Schuss. Die Rast nach gutem Sport – so angenehm. Zukunft. Gegenwart. Aber da ist noch etwas mehr, das aus dem Augenblick herausragt. Sie wird warten, warten – und die Klauen eines wilden Tieres hören auf dunklem Holz. Auf der Terrasse vor der Hütte wird der Adler landen. Und sie wird zu ihm gehen.

Sara diesmal

JULI REGEN

EIN LANGWEILIGES SPIEL. So langweilig wie der Sommer in diesem Dorf.

Wenn Sara nicht wäre. Sara, die drei Schritte entfernt von Ellis saß. Sara, die darauf achtete, dass der Stoff ihres Kleides die Haut ihrer Schneidersitzbeine bedeckte. Sara, die außerdem darauf achtete, dass sich ihre Blicke nicht länger als unbedingt nötig trafen. Sara, die aber nicht darauf achtete, wie sich einzelne Haarsträhnen aus ihrem Zopf lösten. Sara, die ja keine Ahnung hatte, dass sich das Leuchten der farbigen Murmeln in ihren Augen brach. Sara, deren Augen ein Feuerwerk waren. Mitten am Tag und mitten im Sommer. Die Sonne so hoch, dass die Erde ihrer beider Schatten fraß.

»Da.«

»Hier.«

»Da.«

»Hier.«

Da-hier-da-hier ... Ihr träges Mittagsspiel, das aus nichts weiter bestand als aus dem Hin- und Herrollen der Murmel, hatte längst seine eigene Musik bekommen. Manchmal nahm er sie mit in seine Träume, wo sie sich vervielfältigte und zu einem Orchester anschwoll.

»...«

»...«

»Sie ist weg.«

Sara sprach so wenig, dass ihre Stimme immer ein bisschen rau klang. Wie eine Maschine, die lange kein Öl gesehen hatte, oder eine Säge, deren Blatt ewig nicht geschliffen worden war. Jedes Mal überraschte es ihn aufs Neue, dass er in Saras Stimme das Werkzeug seines Vaters hörte.

»Weg?«

Ein Gegenstand, der eben noch da war, konnte nicht weg sein. Das war ein Gesetz, jeder kannte es. Hier und überall.

Immer schon.

Es sei denn ...

Es sei denn, der Boden brach auf.

ELLIS' VATER DUCKTE SICH KRUMM vor dem deckenhohen Regal. Mit der ausladenden Geste eines Zauberers durchschnitt er die Luft und zeigte auf die Urnen, die sich auf den Brettern in allen möglichen Formen und Farben präsentierten. Der ganze Mann erschien Ellis wieder ein Stück kleiner als noch im letzten Sommer. Der Erde näher. Wenn sie sich nicht beeilten, würde es vielleicht zu spät sein für die ordentliche Übergabe des Betriebes K. Krauss & Söhne. Sein Vater und er, die einzigen Bestatter landstrichweit und -breit. Lange Geschichte, staubige Tradition, immer hiergeblieben, immer weitergegeben.

»Bring die Leute dazu, dass sie ihre Toten verbrennen lassen.« Die Stimme seines Vaters klang trocken wie ein staubiges Grab. Als hätte er in seinem Leben zu viele davon ausgehoben, als hätte er sie dabei eingeatmet.

»Erde kommt gerade wieder in Mode.«

»Sag ihnen, dass Feuer billiger ist.«

»Die Menschen werden wieder sesshafter, zerstreuen sich weniger in der Welt. Deswegen ...«

»Geld zieht immer.« Der Alte legte den Hinterkopf auf den Buckel und maß mit den Augen seine Urnenwand ab. »Sieh doch hin. Fast kein Material, das es nicht gibt. In allen Farben.«

»Man muss mit der Zeit gehen.«

»Sag ihnen das.«

Da-hier-da-hier.

Saras Augen glitzerten in einem tiefen Türkis, mehr Blau als Grün. Ellis' Lieblingsmurmel, eine davon. Größer als die vom Tag zuvor.

Da-hier-da-hier.

»Sie ist auch weg.«

»Ein Gegenstand, der eben noch da war, kann nicht einfach weg sein.« Ellis wiederholte laut, was er gestern leise gedacht hatte.

»Du musst es ihnen sagen.«

Was er nicht alles sagen musste. Die Zunge klebte ihm am Gaumen, so trocken war alles um ihn und in ihm.

Vier murmeln, fünf Murmeln, sechs Murmeln. Eine größer als die andere.

Grüne Augen, gelbe Augen, rote Augen. Feuerwerk-Augen.

Du musst es ihnen sagen.

Gar nichts hatte er sagen müssen. Es ließ sich nicht verstecken, wenn der Boden brach. Erst in feinen Linien – eine Laune der Natur vielleicht. Dann tiefer, murmelverschlingend tief, kein Zweifel mehr. Ein Netz bald. Hinten beim Wald fing es an, hatte es immer angefangen. Vor sieben Jahren auch. Dazu dieser Wind.

Federleicht und felsenschwer zugleich.

Zurzeit nur feuer! keine erde!

Das Schild an der Werkstatt-Tür las Ellis schon von Weitem. Hatte sein Vater es also wieder hervorgekramt.

»So kommen wir nie aus den roten Zahlen, Vater.«

»Es geht nicht immer um Zahlen.«

»Worum geht es sonst, wenn man einen Betrieb hat?«

»Warst du im Dorf?«

»Der Sohn vom Kramer ist in den Fluss gegangen, die Manteltaschen voller Steine. Letzte Nacht. Der jüngere. Seine Mutter hat's mir erzählt.«

»Es geht schon los.«

»Sie will ihn im Sarg.«

»Bringen sie euch nicht mal mehr Lesen bei?« Sein Vater nickte in Richtung des Schilds an der Tür. Wie ein Vogel sah er inzwischen aus, ein komischer Vogel, der Erde immer näher. Erdvogel. Grabvogel. Todesvogel. So nannten sie ihn doch im Dorf. Kraussvogel.

DER WIND LIESS NICHT LOCKER, strich um ihr Haus und rüttelte an den Fenstern.

»Du musst es ihm sagen.« Seine gutgläubige Mutter, die immer flüsterte, und der das Flüstern in Leib und Seele übergegangen war wie seinem Vater der Staub der Erde.

»Er taugt nichts.« Sein Vater, der keine Rücksicht nahm, ob Ellis ihn im Nebenzimmer hören konnte oder nicht.

Er taugte nichts, soso.

SARA, DEREN PLATZ am Rand des alten Waldes leer geblieben war. Obwohl die Sonne am höchsten stand. Obwohl die Furchen in der Erde ihre Schatten verschlucken würden. Sara und ihre Angst, ihre Angst vor den Schatten.

Das Hämmern und Klopfen aus dem Dorf schlängelte sich zwischen den Bäumen hindurch bis in seinen Kopf. Es war wieder so weit, Vater hatte recht.

»Ich habe auf dich gewartet«, sagte er.

»Die Murmeln waren aus.«

Ihre Augen wie dunkle Punkte. Eine Ausrede. Für die Männer, die Fenster und Türen und alle Ritzen ihrer

Hütten verrammelten. Für die Mütter, die ihre Kinder nach drinnen scheuchten. Für die Alten, die das letzte Gemüse aus der Erde, das letzte Obst von den Bäumen holten. Für sie selbst. Das war nicht die Zeit für Spiele, da-hier-da-hier, schienen ihre Augen zu sagen. Ihre Ausrede für das ganze Dorf, das sich bereit machte. Für die Geburtsnacht.

Der Wind, der an Saras losen Haarsträhnen zog und sie nicht gehen lassen wollte. Er hatte Verständnis für diesen Wind.

»Bis bald. Sara.«

»Bis bald. Vielleicht.«

DIE KRAMERIN VOR DER URNENWAND schüttelte stumm den Kopf, die Tränensäcke leer und faltig. »Er hatte doch solche Angst vor Feuer.«

Kraussvogel pickte nervös in die Luft. »Keine Erdbestattung bis ...« Sein Blick fiel auf den Sohn in der Tür, der nichts taugte.

Die Kramerin fiel in sich zusammen und zerfloss auf den Dielen wie ein See.

»Ist gut, ist gut.« Kraussvogel schüttelte sein Gefieder. »Bringen Sie ihn. Wir beeilen uns.«

Wir.

Und an Ellis gerichtet: »Bring von unterwegs einen Kieselstein. Glatt und kinderfaustgroß. Ich zeige dir alles.«

Dann zu sich selbst: »Es nützt ja nichts.«

Beim Abendbrot klang die Stimme seiner flüsternden Mutter kräftiger.

DER WIND KAM IMMER VON VORN. Als wollte er ihn abhalten weiterzugehen. Geh zurück, schien er zu brüllen, geh doch zurück.

Dazwischen die Fetzen des gleichförmigen Gesangs der Alten vom Friedhof. Beschworen sie wieder ihre Toten – bleibt, wo ihr seid, bleibt, wo ihr jetzt seid, bleibt ruhig. In Alt und in Bass, begleitet von diesem irrsinnigen Wind.

Die Spitze seines Schuhs passte jetzt leicht in den Spalt, der dieser Landschaft ein neues und grobes Muster zeichnete.

Kein Tag mehr.

Er streckte seinem Vater die geöffnete Hand entgegen.

»Das ist kein Kieselstein.« Genauso gut hätte sein Vater darauf spucken können.

»Kieselsteine waren aus.« Er hatte gar nicht gesucht. Schützend schloss er die Hand wieder um die Murmel, die ein Geschenk hatte sein sollen. Kinderfaustgroß und mittelseegrün. Wäre sie nur gekommen.

Der taugt nichts, hallte es in seinem Kopf. *Bringt Murmeln statt Steine.*

»Gib schon.« Sein Vater verschwand durch den Vorhang in die Werkstatt, der Anzug aus Öl quietschte bei jedem Schritt. »Komm schon.«

Das Summen seiner Mutter wehte herein. Ihr Summen war lauter als ihre Stimme. Ellis sah sie wippen, vor und zurück, die Arme um den Oberkörper geschlungen, sich selbst haltend wie ein kleines Kind.

Wenige Stunden noch.

Der kramersohn lag im vorbereiteten sarg, die abgetrennten Gliedmaßen sorgfältig an den schmalen Körper geschoben.

»Dass er nicht wieder aufsteht.« Erdvogel, Grabvogel, Todesvogel, Krausvogel schob mit der Hand Ober- und

Unterkiefer vom jungen Kramer auseinander.

»Sicher ist sicher.« Die Murmel glitt in die Mundhöhle. »Falls er es doch tut.«

Mittelseegrün färbte sich dunkelrot.

Seine Mutter summte lauter, wippte schneller.

Kraussvogel begutachtete sein Werk, schien zufrieden, und schob den Deckel über den Kasten.

Mittelseegrün färbte sich nachtschwarz. Geburtsnacht.

EIN MORGEN, der von der Nacht nichts wusste.

Der Wind hatte aufgegeben. Der Boden hatte sich geschlossen.

Das Getrappel ängstlicher Füße aus den Häusern im Dorf schlängelte sich zwischen den Bäumen hindurch bis in seinen Kopf. Rascheln von den eilig zurückgezogenen

Bettdecken der Kinder – wer war noch da, wer nicht? Wen hatten sie sich genommen?

Dann die Stimmen, die vielen Stimmen. Alt, Sopran, Bass, Tenor. Ein Konzert. Kein schönes.

»Sara diesmal. Sara diesmal. Sara diesmal.«

Sara diesmal. Ein Mensch, der eben noch da war, einfach weg.

Countdown

T. B. PERSSON

10

WIR SOLLTEN ZUNÄCHST EINMAL GAR NICHTS TUN. Die Lage sei unter Kontrolle, hieß es. Man habe das Gebiet in einem Umkreis von zehn Kilometern abgeriegelt und es würde alles Nötige getan. *Bleiben Sie in Ihren Häusern*, sagte der Polizeisprecher mit leierndem rheinischem Dialekt in die Kamera. *Es besteht kein Grund zur Panik.*

Die Nachrichtenbilder erinnerten an Szenen aus einem Hollywoodfilm, nicht an einen Ort ganz in der Nähe. Das musste ein Fake sein. Selbst diese Gedanken kamen mir unwirklich vor; als hätte sie jemand anderes gedacht, ich ihnen bloß etwas Raum in meinem Schädel überlassen.

Polizei, Feuerwehr, Militär, Presse, sie hatten sich alle um das Rapsfeld an der Landstraße versammelt, das grell im Licht der Scheinwerfer aufleuchtete. Figuren in weißen Schutzanzügen liefen umher und hielten Geigerzähler oder sonst was vor sich. Über der Absturzstelle kreisten Hubschrauber. Die Luftaufnahmen zeigten eine gewaltige schwarze Rauchsäule, die sich in den Nachthimmel kräuselte, und am Boden loderte ein Feuer.

Halb verborgen hinter Qualm und Flammen lag das Ding. Da, wo die Flutlichter es streiften, konnte man seine Form erahnen. Einen klobigen Körper aus einer Art schwarzem Metall oder Gestein mit feingezackten Mustern, wie spitze Zähne –

»Zu nah. Mir ist das nicht geheuer«, sagte Ina und rieb sich unruhig den beneidenswerten runden Bauch. Sie sah mich mit demselben Entsetzen an, mit dem sie das Treiben auf dem Bildschirm beobachtete. Sie trug nur einen BH, die Beine hatte sie zugedeckt, unten schauten ihre geschwollenen Füße heraus. Die Zehen, deren Nägel ich ihr letzte Woche noch in einem Apricot-Ton lackiert hatte, wirkten fern und fremd.

»Ich hol dir einen Tee«, sagte ich und rückte von Inas Seite. Etwas in ihrem Blick beunruhigte mich, ja, es stieß mich ab. Ich konnte ihre Angst nicht ertragen, das konnte ich noch nie. Zugleich meinte ich, aus ihren Worten etwas herauszuhören, etwas Orakelhaftes. Ein tiefes Wissen, das nicht für mich bestimmt war und mich doch erreicht hatte.

Bevor ich das Schlafzimmer verließ, drehte ich mich um und sah noch einmal auf den seltsamen Körper.

9

»NEIN«, SAGTE INA und schüttelte den Kopf. »Nein nein nein. Das ist viel zu früh.«

Sie stand mit ausgebreiteten Armen in der Küche und sah an sich herab. Ich verstand erst gar nicht, was los war, aber dann bemerkte ich die dunklen Flecken in ihrem Schritt, bloß ein paar kleine Tropfen.

»Alles gut, Schatz. Alles gut. Tief durchatmen, wir fahren sofort ins Krankenhaus. Steig schon mal ein, ich hole die Tasche.« Es kam mir vor, als würde ich einfach Worte wiederholen, die andere schon vor mir gesagt hatten. Ich würde mich später nicht mehr daran erinnern, was ich gesagt hatte, aber ich redete die ganze Fahrt über auf Ina ein. Am Horizont konnten wir die Rauchsäule sehen, die sich wie ein Finger, ein schwarzer Tentakel in den Himmel streckte.

»Amelie?«

»Mhm?«

»Versprichst du mir, dass du bei mir bleibst? Die ganze Zeit?«

»Du kannst auf mich zählen.«

Der Doktor war ein seltsam breiter Mann mit abstehendem grauen Haar über den Ohren. Er musste Zirkusdirektor sein, kein Arzt.

»Sind Sie eine Verwandte?«, fragte er mich mit einer ausladenden Geste, die ich nicht recht deuten konnte.

»Die Ehefrau«, antwortete ich. »Die andere Mutter.«

»Verstehe. Angesichts der Umstände würde ich es für besser halten, wenn Sie nicht mit in den Kreißsaal kämen. Ich kann Ihnen versprechen, dass wir alles in unserer Macht Stehende tun werden, um ihrer Frau und dem Kind zu helfen.«

Ina hatten sie da schon in ihrem Bett davongeschoben, und ich blieb bei der kleinen Warteecke im Flur zurück. Selbst von hier konnte man die schwarze Säule sehen. Mit feinen Bewegungen schlängelte sie sich empor, gar nicht wie vom Wind getrieben, sondern beinahe, als wäre sie von einem Bewusstsein geformt, einem Willen. Wie ein meisterlich geführter Pinselstrich.

Ich ließ mich hypnotisieren, und es kam mir vor, als wäre kaum Zeit vergangen, als ich schließlich in Inas Krankenzimmer gerufen wurde. Sie lag auf dem Bett, sonderbar flach kam sie mir vor unter der zerknitterten Decke, rote Flecken im Gesicht, Haare klebten an ihrer Stirn. Sie nahm mich gar nicht wahr, schaute bloß wie gebannt auf das Bündel in ihren Armen.

»Wir dürfen einen neuen Erdenbürger begrüßen«, meinte der Arzt theatralisch und blickte mich erwartungsvoll an.

Es dauerte einen Augenblick, bis ich begriff, dass er das Kind meinte.

8

Das baby war merkwürdig, es war nicht meins.

Ich sollte so etwas nicht denken. Ich hätte in diesem Moment gar nichts denken, sondern mich auf die Achtsamkeitsmeditation fokussieren sollen.

»Lasse die Gedanken einfach vorbeiziehen wie Wolken am Himmel. Halte nicht an ihnen fest. Betrachte sie kurz, wenn du magst, und lass sie dann gehen.«

Wie das wohl gewesen wäre, wenn wir uns dazu entschlossen hätten, dass ich das Kind austrage statt Ina?

Hätte sich mein Körper auch so stark verändert?

Wäre mein Baby auch zu früh geboren wurden, wäre es auch so dürr, so blass? Selbst jetzt mit geschlossenen Augen sah ich die Gestalt vor mir, die blauen Adern an den Schläfen, die Rippen unter der zarten Haut ...

»Nimm wahr, was du fühlst, aber bewerte es nicht. Spüre ohne Urteil in dich hinein, erlebe dich. Lass es einfach sei–«

Ich schaltete die App aus und den Fernseher wieder ein. Der Rauch war längst verflogen, das Feuer gelöscht. Immer noch liefen Menschen in Schutzanzügen über verbrannte Erde, durch zertrampelten Raps, zogen Kreise um das Ding, das halb im Dreck steckte und halb herausragte, wie ein an die Oberfläche gepresster Sarg.

Die immer gleichen Bilder in Dauerschleife, die Experten wechselten sich ab. Eine Geologin, die mit ihrem Team Proben entnommen hatte, vertröstete den Moderator: »Ich denke, in einer Woche können wir mit den ersten Ergebnissen rechnen.«

6

ICH HATTE NICHT DAMIT GERECHNET, dass Ina so bald nach der Entbindung wieder Lust auf Sex haben würde, und ich war erstaunt, dass *mir* danach war.

Ihr Körper fühlte sich anders an, sie schmeckte anders. Und doch war ich überzeugt, dass es nicht an ihr lag, sondern dass alle Veränderungen auf mich zurückzuführen waren. Als wären diese Hände nicht mehr die alten, als hätte ich eine neue Zunge.

Es war unheimlich, Ina zu lieben, all das Fremde zwischen uns zu spüren. Warum taten wir das?

Als es vorbei war, wandten wir uns voneinander ab, lagen Rücken an Rücken.

»Das Baby«, murmelte Ina irgendwann in ihr Kissen, und dann hörte ich es nebenan schreien. Ich rührte mich nicht. Ich lauschte einfach Inas Seufzen, ihren gedämpften Schritten auf dem Teppichboden, dem beschwichtigenden Schhh, das nicht an mich gerichtet war. Und dann träumte ich von Dingen, die nicht waren.

5

In den nachrichten verkündeten sie, dass nun auch das letzte Mitglied des geologischen Forschungsteams verstorben sei. Alle fünf seien wenige Wochen nach Besuch der Absturzstelle plötzlich schwer erkrankt und schließlich ins Koma gefallen. Die Ärzte gingen von einer Infektionskrankheit aus, könnten aber zum jetzigen Zeitpunkt keine genaueren Angaben machen.

Die entnommene Probe sei sichergestellt wurden und würde nun unter höchsten Sicherheitsvorkehrungen weiter untersucht.

Unter den übrigen Menschen, die die Absturzstelle aufgesucht hätten, gebe es keine Krankheitsfälle oder besonderen Vorkommnisse. Ein Journalist, über dessen Tod letzte Woche berichtet worden war, sei demnach aufgrund natürlicher Ursachen gestorben. Gerüchte über einen erkrankten Soldaten hätten sich als falsch herausgestellt.

Es gebe keinen Grund zur Beunruhigung. Es würde allerdings vonseiten der zuständigen Behörden erwogen, die

Evakuierungszone auszuweiten und die umliegenden Ortschaften zu räumen.

Dann folgte der Sport.

4

»FÜR WEN WIR DAS MACHEN? Für Bene. Für mich. Für uns.«

Ich schaute auf die Einladungskarte in meiner Hand. Ein grünes Kleeblatt war dort abgebildet, in jedes der Blätter hatte Ina ein Foto von einem von uns eingefügt, von Bene, von sich, von mir und vom Kater. *Wir wollen unser Glück mit euch teilen,* stand dort in goldener Schrift.

»Wo steckt der eigentlich schon wieder?«, fragte ich.

»Wer?«

»Der Kater.«

Ina schüttelte den Kopf und nahm mir die Karte aus der Hand.

3

DER KÖRPER WAR IN DER MITTE DURCHTRENNT, der Schwanz fehlte. Ich ging zurück zum Haus, um einen Karton und Gartenhandschuhe zu holen. Der zweite Handschuh war mal wieder nicht zu finden, wie schaffte Ina das bloß immer? Da, unterm Rasenmäher lag er.

Ich legte erst den Oberkörper in den Schuhkarton, dann den Hinterleib. Das Fell war ganz stumpf und an manchen Stellen hart vom Blut. Die Fliegen, der Gestank, die gebrochene Wirbelsäule, die herausgedrückten Gedärme – das berührte mich alles nicht. Ich sah in die Box wie auf ein Puzzle, das sich nicht mehr zusammenfügen ließ. Irgendwas fehlte. Irgendwas war zu viel. Müsste das nicht eigentlich ganz einfach sein?

Ina saß auf der Terrasse und stillte Bene. Zu sehen, mit welchem Selbstverständnis er dort an ihrer Brust lag, ihr intimer Austausch, das versetzte mir einen Stich.

»Ich habe Pauli gefunden«, rief ich.

2

Als ich die Tür öffnete, schob Ina mich zurück ins Gäste-wc und schloss ab. Von draußen drang das Gemurmel der Feier leise zu uns.

»Was ist bloß los mit dir?«, zischte sie.

»Ich … ich weiß nicht, was du meinst.«

»Du weißt genau, was ich meine.«

Ich blickte verlegen zu ihren Füßen hinab und den Schlappen, deren Flapp-flapp mich schon den ganzen Tag über begleitete. Sie hatte die Fußnägel frisch lackiert, wie mir jetzt erst auffiel. Neonpink.

»Hör zu«, sagte ich. »Ich werde mich zusammenreißen, okay?«

Sie sah mich zweifelnd an.

»Okay?«

»Okay.«

Vor dem Klo stand bereits Tante Gerda. Sie streichelte zärtlich über Inas Arm und meinte: »Man sieht dir das Muttersein richtig an. Du hast so ein Leuchten, eine Lebendigkeit an dir.«

Ich drückte mich an ihnen vorbei, ging zurück an den Grill. Auf dem Weg dorthin bemühte ich mich, alle freundlich anzulächeln. Es tat beinahe weh, als wäre mein Gesicht nicht dazu gemacht.

Ich nahm Inas Vater die Zange aus der Hand und bedankte mich dafür, dass er für mich eingesprungen war. Er wich trotzdem nicht von meiner Seite. Erst verstand ich gar nicht, dass er etwas zu mir gesagt hatte.

»Wie bitte?«

»Ich sagte, das Fleisch ist wirklich lecker. Wo habt ihr das denn her?«

»Das ist die Katze«, antwortete ich und war beinahe selbst verwundert über die Tonlosigkeit meiner Stimme, das vollkommene Fehlen von Witz und Ironie.

2

DIE ABZÜGE FÜR MEINE ELTERN lagen immer noch auf dem Küchentisch. Ich ging sie durch und sah Fotos von einem Sommertag im Garten. Bene war auf den meisten Bildern zu sehen, alle hatten ihn einmal halten wollen. Er wird geliebt, dachte ich und war erleichtert. Oder etwa nicht?

Ich kam zu den Fotos, die mich und Ina und Bene zeigten, wie wir aneinandergedrängt vor dem Holunderbusch standen. Ich zeigte meine Zähne, es musste ein Lächeln sein, und je länger ich mich anschaute, desto überzeugter war ich, dass das gar nicht ich sein konnte, dass das jemand anderes war, der mir auf verblüffende Weise ähnelte.

Es gab mich zweimal, nur so konnte ich mir erklären, dass ich es bis hierher, an diesen Punkt geschafft hatte. Jemand hatte dieses Leben für mich gelebt, die Kindheit, die Schulzeit, das Berufsleben, die ersten Beziehungen hinter sich gebracht, es vielleicht sogar genossen und Spaß dabei gehabt. Und dann den Staffelstab weitergeben an mich, an einen nutzlosen, stumpfen Zwilling. An einen impotenten Klon.

Mein Leben hatte davon abgehangen, alle zu überzeugen, dass ich ich war, dass alles normal war. Dass ich funktionierte.

Aber dieses Foto bezeugte mein Scheitern, dieses Bild einer glücklichen kleinen Familie und mittendrin dieses Lächeln oder das, was ein Lächeln hätte sein sollen. Dieser hässliche Bruch, die weißen Splitter. Und dahinter Schwärze.

Kurz überkam mich der Impuls, das Foto zu zerreißen. Aber dann schreckte ich vor der Melodramatik dieser Geste zurück.

Es gab Drängenderes zu tun. Ich musste alles vorbereiten, bevor die Polizei kam.

1

ICH HATTE DIE ROLLLÄDEN im ganzen Haus heruntergelassen und den Strom ausgeschaltet. Im Vorratskeller hatte ich mir aus Kissen und Decken ein Lager gebaut, die Taschenlampe und ein paar Bücher lagen neben mir. Das Smartphone schaltete ich nur ab und zu an, um die Nachrichten zu checken. Das Camp in der Nähe, in dem in den letzten Wochen diejenigen ausgeharrt hatten, die meinten, es gebe außerirdische Besucher zu begrüßen, war erfolgreich geräumt worden. Die meisten Ortschaften waren evakuiert.

Ich sah, dass Ina mir geschrieben hatte. Sie hatte erleichtert gewirkt, als ich ihr vorgeschlagen hatte, die Evakuierung für eine Auszeit zu nutzen. Aber nun schien sie herausgefunden zu haben, dass ich nicht wie verabredet zu meinen Eltern aufgebrochen war, und machte sich Sorgen.

Ich ignorierte ihre Textnachrichten und schaltete das Handy wieder aus.

Die Polizei fuhr mit Streifenwagen durch den Ort, ich konnte jetzt ihre Durchsagen hören. Ob sie mein Telefon orten konnten? Oder seinen Katastrophenalarm auslösen, auch wenn es ausgeschaltet war? Ob sie mich mit

Wärmebildkameras hier unten aufspüren würden?

Ich lag regungslos unter den Decken, auf denen ich Tiefkühlprodukte verteilt hatte, nur um sicherzugehen. Pizzakartons und Beutel mit Rosenkohl und Kaisergemüse lagen auf mir und veränderten langsam ihre Form.

Irgendwann, lange nachdem es still geworden war, war ich mir sicher. Ich war jetzt allein.

o

ALS ICH AUFWACHTE, waren die Pizzakartons weich und feucht. Ich packte eine Pizza Margherita aus und aß ein wenig davon, der Teig war noch hart und Eiskristalle lagen auf dem Belag. Ich spülte alles mit Apfelsaft aus der Plastikflasche runter. Dann war ich bereit, musste raus. Es drängte mich wie eine Raupe aus dem Kokon.

Ich leuchtete in meiner gelben Regenjacke unter den sich auftürmenden Gewitterwolken. Vielleicht war das ein unbewusster Hilferuf, vielleicht wollte ich gefunden werden. Vielleicht nahm ich aber auch an, die Jacke würde im Raps die perfekte Tarnung sein.

Ich musste gar nicht nachdenken, welchen Weg ich einschlagen musste, ich ging einfach los, als wäre dort am Ziel schon ein Teil von mir, der mich zu sich rief.

Der Weg war nicht beschwerlich, im Gegenteil, Regen und Donner trieben mich an. Nur als ein Blitz zuckte, hielt ich kurz inne.

Der süßliche Geruch hatte mich schon lange empfangen, bevor ich auf das Rapsfeld stieß. Polizisten oder Soldaten hatte ich keine getroffen. Hatte ich ihren Ring schon durchbrochen?

Ohne mich umzuschauen, stieg ich ins Gelb und verschwand. Es war jetzt ganz nah. *Ich* war jetzt ganz nah.

Das trommeln der tropfen auf der Kapuze. Das sanfte Kratzen der Pflanzen über die Regenjacke, meine Wangen, mein Kinn. Meine Augen knapp über dem Raps. Ein weißes Zelt erscheint, niemand ist zu sehen. Ich ducke mich, krieche beinahe. Ich lausche, höre nichts, schlüpfe unter der Plane hindurch hinein.

Es ist mir so vertraut und fremd. Wie eine Mutter, die man nach Ewigkeiten wiedersieht. Als wäre es das erste Mal und alles davor waren nur falsche Erinnerungen.

Ich setze mich davor, zwischen die Gerätschaften, die Messgeräte, die alles registrieren und aufnehmen. Die zitternden Zeiger, die haarfeinen Ausschläge, die Zahlenkaskaden – ihnen entgeht etwas, das von dem Ding ausgeht und das nur ich wahrnehmen kann. Es ist die Gewissheit, nicht mehr zurückkehren zu können, einmal bei null angekommen. Und dann die Offenbarung von Möglichkeiten.

Mein Smartphone vibriert, ich hole es aus der Tasche, ein alter Reflex, gegen den ich mich nicht wehren kann. Ina schreibt. Ich lese nicht, was, ich starre bloß auf das kleine kreisrunde Icon vor schwarzem Hintergrund, auf das Foto, das sie und mich und das Kind zeigt. Es ist so winzig, dass man es für das Bild einer glücklichen Familie halten könnte. Es macht mich traurig. Ich schaue darauf, wie auf eine einsame Kugel im All, und ich spüre, dass ich nicht Teil davon sein will.

Jetzt kommen sie, von außen herein, ich kann sie hören. Etwas später, als ich erwartet habe, aber jetzt sind sie gleich da. Sie sind dem Signal gefolgt.

Sternenfall

Bjela Schwenk

IN DEN ABENDSTUNDEN DES TAGES, wenn der glühende Himmel hinter den Bergen einer staubigen Dämmerung wich, saß ich auf einem der farbenfrohen Teppiche, die meine Urgroßmutter gewebt hatte, zusammengekauert wie ein kleines Tier, ein Gecko oder ein Leguan vielleicht, der in der Dunkelheit auf seine Beute lauerte, seine blass leuchtenden Augen blinzellos nach vorn gerichtet. Genauso saß ich, nur dass meine Augen auf die Bewegungen meiner *toci* gerichtet waren, wie ihr Weberschiffchen vor- und zurückschwebte, vor und zurück, und Geschichten unter ihren Händen entstanden. Auf dem Teppich unter mir waren Alpakas und Felder mit Mais und Qupalcuapl, der Held, der die Regenbogenschlange bekämpft hatte, bis sie ihren Zorn gegen die *tlacatl* aufgab und wieder Regen auf die Felder fallen ließ. An der Wand hingen zwei neue Teppiche, die *toci* erst vor Kurzem gewebt hatte; sie waren nur klein, aber sie zeigten mich und meine *huelti*. Und auf dem Teppich, der unter den Händen meiner *toci* entstand, waren nun auch die Schiffe der Götter zu sehen, wie sie vor einem Mond durch den Himmel hinunter zu uns gefahren waren, ihre Kleider weiß und strahlend, weißer als die weißeste Wollfrucht, die die Weber unseres Dorfes spannen.

Vor zehn Tagen hatten sie uns wieder verlassen, waren in ihre glänzenden Schiffe gestiegen und in den Himmel hinaufgefahren, wo die letzten Strahlen der Sonne ihre Schiffe zum Glühen gebracht hatten, dorthin, woher sie gekommen waren. Und seit zehn Tagen webte meine *toci* an ihrem Teppich, webte und webte, bis der Himmel erschien, rotglühend, und darin die glänzenden Schiffe der Götter, webte solange, bis das Schiffchen aus ihren zu Krallen verkrampften Händen glitt und mit einem dumpfen Laut auf dem Lehmboden aufkam. Dann schlief sie, und meine *huelti* packte sie und trug sie zu ihrer Matte aus Maisstroh und richtete die Decken und Kissen.

Manchmal fragte ich sie: »Was ist das, *toci*?« und zeigte auf eine Figur, die langsam unter ihren Händen entstand. Dann blinzelte meine *toci*, als hätte sie bereits geschlafen und nur ihr Körper hätte sich ohne ihr Zutun bewegt, vor und zurück, vor und zurück, und sie lächelte. »Das ist ein Schiff«, sagte sie. Oder: »Das ist eine Wolke.«

Die Götter waren plötzlich gekommen, aber dass es sich um Götter handelte, daran zweifelte niemand, auch wenn sie ganz anders waren in ihrer strahlenden Farblosigkeit als die Regenbogenschlange oder Tlaloc, die Erdkröte. Der Dorfvorsteher hatte sie in seiner besten Robe empfangen und ein Schwein für sie schlachten lassen. Dazu gab es Nussbrei und gezuckerte Maisfladen und vergorenen Agavensaft. Drei Tage hatten wir zu ihren Ehren gefeiert, obwohl die Maisernte anstand. Danach waren die Götter mit einem ihrer Schiffe fortgeflogen, doch als sie wiederkamen, hatten sie etwas in ihre Schiffe geladen, große Erdbrocken, und sie hatten gelächelt. Itotia war als Erster krank geworden. Es war, als sei ein böser Geist in ihn gefahren, er bekam Pusteln, die er aufkratzte, bis seine Haut mit einem dicken Schorf überzogen war. Er hustete Tag und Nacht und am dritten Tag Blut. Es hatte nicht lange gedauert, bis das erste Leichenfeuer brannte. Der Dorfvorsteher hatte die Götter angefleht, uns zu helfen, doch sie hatten nicht mehr gelächelt und waren stattdessen in ihre Schiffe gestiegen und davongefahren. Immer mehr Leichenfeuer brannten. Die Männer und Frauen, die Stärksten unseres Dorfes, starben zuerst, dann die Kinder und ganz zuletzt die Alten. Irgendwann hatten sich meine Lungen ebenfalls mit Schleim gefüllt, dann hatte sich ein roter Schleier über meine Sicht gelegt. Als ich wieder erwachte, waren mein *tata* und meine *nan* fort und Guapl, mein kleiner Bruder, lag kalt und starr in seiner Wiege. Meine *toci* hatte mir heiße Suppe zu essen gegeben und bittere Kräuter. »Trink das«, hatte sie gesagt und mir einen Trank eingeflößt, der mich die ganze Nacht über husten ließ, aber am Morgen danach konnte ich wieder atmen. Der Husten und die Hitze waren gegangen, aber die Narben des Ausschlags blieben und mein rechtes Auge sah danach nicht mehr so gut wie vorher, nur noch grau, weiß und schwarz, als hätten die Götter ihren Fluch zurückgelassen, um uns so zu formen wie sie selbst. Auch meine *huelti* lebte, aber ihr Husten ging nicht ganz fort, und ihr Gang war lang und schleppend. Und dann hatte sich meine *toci* an ihren Webstuhl gesetzt und war nicht mehr davon aufgestanden, außer wenn meine *huelti* sie zu ihrer Matte trug.

Etwas Neues entstand unter den Händen meiner *toci*. Ich überlegte, sie danach zu fragen; dann würde sie lächeln und dann wäre ich wieder für einen winzigen Moment froh. Doch meine *huelti* saß in der Ecke und sortierte getrocknete Maiskörner und wenn sie hörte, dass ich unsere *toci* störte, wurde sie immer wütend.

»Stör sie nicht«, meinte sie dann. »*Toci* arbeitet!« Oder, schlimmer noch: »Warum gehst du nicht nach draußen?«

Vor einer Woche noch waren wir oft draußen gewesen. Der Mais war reif und musste geerntet werden, also hatten meine *huelti* und ich Maiskolben gepflückt, bis unsere Hände bluteten. Doch nun war es dafür zu spät; der Winterwind hatte eingesetzt und füllte unser Tal mit seiner schneidenden Kälte. Als er zu wehen begonnen hatte, war meine *huelti* hinausgegangen und hatte nach unserer kleinen Alpakaherde gerufen. Sie hatte Stern eingesammelt und Frosch, der so hieß, weil er sich immer bedrohlich aufblähte, wenn ein Fremder ihm nahe kam. Dann war sie in die Berge gestiegen, um nach den anderen zu sehen. Das war vor fünf Tagen gewesen.

»Schau nach deiner *huelti*«, hatte meine *toci* gesagt, als es bereits dunkel geworden war, der Teppich unter ihren Händen für einen Moment vergessen. Dann war sie wieder in ihre Trance gefallen, vor und zurück, vor und zurück, und ich war aufgestanden, hatte mir meinen wärmsten Poncho übergezogen und war vor die Tür getreten. Doch da kam meine *huelti* schon. Als sie mich sah, lächelte sie, aber ihre Augen schauten grimmig. Wolke, Südwind, Blesse und Zuckermaul fehlten.

Als der Wind vor drei Tagen kurz nachgelassen hatte, hatte ich sie gefunden, zumindest eine von ihnen. Wolke lag am Rand des Dorfes, zerschmettert, Juwelenfliegen kreisten über ihrem Kadaver, das eine Auge blickte starr in den eisblauen Himmel. Sie musste von der Klippe über uns gestürzt sein, vielleicht war sie auch von einem Raubtier gerissen worden, und das alles nur, weil meine *huelti* keine Zeit gefunden hatte, sie rechtzeitig zu holen. Was aus Südwind, Blesse und Zuckermaul geworden war, wusste ich nicht. Vielleicht waren sie das Warten leid gewesen und waren ebenfalls in den Himmel gestiegen, immer höher und höher in die Berge hinauf, bis sie die Sterne berührten, die auf den obersten Bergspitzen ruhten.

Meine *huelti* stand auf, um in unsere kleine Küche zu gehen, dann sah sie mich und blieb stehen, als hätte sie für einen Moment vergessen, dass ich auch noch da war. »Geh doch nach draußen«, sagte sie, obwohl der Winterwind um unsere Hütte heulte. Aber auch wenn es noch Sommer gewesen wäre, ich wollte nicht mehr nach draußen. Der

Wind hatte den Gestank der Leichenfeuer fortgetragen, sodass nur noch Leere zurückblieb, einsame, kalte Straßen zwischen Häusern, deren Türen im Wind klapperten. Und trotzdem glaubte ich immer noch, ihn zu riechen, manchmal auch nachts, wenn ich lange nicht einschlafen konnte und in die Dunkelheit starrte. Nein, es war besser, hier drinnen zu bleiben und meiner *toci* dabei zuzusehen, wie sie den Teppich webte, der länger und länger wurde. Er war nun fast fertig. An seinem Ende stiegen die Schiffe der Götter wieder empor, die Sternenstraße entlang, die man im Winter deutlich sehen konnte, dann, wenn die Sterne in besonders kalter Klarheit erstrahlten. Die Straße verdichtete sich, bis die Sterne fielen, in einem Wasserfall aus Licht, der sich gleißend bis zum unteren Saum des Teppichs ergoss. Es fehlte nur noch der Rand.

»Was ist das, *toci*?«, fragte ich. Sie sah auf, ihre eingesunkenen Mundwinkel zu einem Lächeln verzogen, so breit, dass ich den einen übriggebliebenen Stumpf in ihrer rechten Backe sah, auf dem sie am Abend zuvor unser letztes eingeweichtes Maisbrot gekaut hatte.

Captain frederick sanchez morgan, seines Zeichens Kommandant des vierten Sternenzerstörers der 27. Flotte, blickte von der Brücke aus durch die Mimoniumfenster der Explorer. Draußen breitete sich der interstellare Raum vor ihm aus, rechts der Große Magellannebel und links davon die Sternstraße mit ihren lila und tiefgrünen Farben. Er war kein zu Sentimentalitäten neigender Mann, aber wenn er wie jetzt in den tiefen Raum der 13. Galaxie blickte, dann spürte er fast so etwas wie Ehrfurcht – als gäbe es dort draußen mehr, als durch reine Wissenschaft erklärbar war. Das war natürlich Unsinn – schon vor zwei Triärten hatten

Quantenphysiker und Astromethalogen sämtliche Materie in ihre Einzelteile zerlegt, kategorisiert und benannt, auch die Dunkle. Das letzte Wurmloch war erforscht und für die Zwecke des interstellaren Reisens umfunktioniert worden, und es war nur noch eine Frage der Zeit, bis die Ausmaße des Universums bis auf die Zehnteldezimale genau berechnet sein würden – die Geschwindigkeit, mit der es sich ausdehnte, miteinbezogen. Aber gut, es schien, als ob diese unerklärliche Ehrfurcht, die jetzt in ihm aufstieg, ebenso zu seinem Menschsein gehörte wie sein analytischer Verstand. Sie war der Grund, weshalb sich bei jeder primitiven Kultur, die sie antrafen, Religionen ausgebildet hatten. Aber sicher war es auch hier nur eine Frage der Zeit, bis die Psychosoziologen und Gehirnforscher genau lokalisiert hatten, welchem Areal diese Empfindung entsprang und durch welche chemischen Botenstoffe sie ausgelöst wurde. Bestimmt konnte man sich, wenn es so weit war, ein wenig Ehrfurcht vor dem Unbekannten als Pille kaufen und war nicht mehr auf den Anblick des tiefen Raums angewiesen.

Rodrigez Watanabe, sein Erster Offizier, trat neben ihn und wartete, bis Morgan seine Aufmerksamkeit auf ihn lenkte.

»Was gibt's, Watanabe?«, fragte er, ohne seinen Blick von dem Sternnebel vor ihm abzuwenden.

»Erstatte Bericht, Captain. Das Plutonium ist sicher im Bug verstaut. Wir erwarten einen Gewinn von etwa 5 Trillionen Teta auf dem Schwarzmarkt.«

Morgan gestattete sich ein selbstzufriedenes Lächeln. Der Ausflug nach Quadrant B-25 hatte sich definitiv gelohnt.

»Irgendwelche Anzeichen, dass jemand etwas von unserem Abstecher mitbekommen hat?«

»Keine, Captain. Der Quadrant steht unter keiner speziellen Beobachtung.«

Also war alles gut gelaufen, ganz wie erwartet.

Die Bestimmungen des intergalaktischen Rates bezüglich des Schutzes und der Nichtkontaktaufnahme zu unterentwickelten Völkern kamen Morgan in den Sinn. Natürlich war es bedauerlich, dass die Immunabwehr der Einheimischen nicht den mitgebrachten Keimen standgehalten hatte, aber das war zu erwarten gewesen – ein hinnehmbares Resultat. Morgan war sich sicher, dass eine Handvoll überleben würde, deren Kinder dann besser für zukünftige Begegnungen gerüstet wären. Und schließlich handelte es sich lediglich um ein einziges Dorf auf dem Entwicklungsstand der untersten Stufe – man konnte dies wohl kaum einen Verlust für die Galaxie als Ganzes nennen.

Morgan bemerkte aus den Augenwinkeln, wie Watanabe den kleinen Anhänger in Form eines umgedrehten T mit der Hand umschloss. Hatte er am Ende doch Gewissensbisse?

»Gibt es noch etwas, Captain?«, fragte er. »Ansonsten bitte ich um die Erlaubnis, auf meine Station zurückzukehren ...«

»Watanabe«, sagte Morgan, bevor er wusste, was er fragen würde. »Glauben Sie eigentlich an eine höhere Macht?«

Watanabe blickte sichtlich verwirrt. »Eine höhere Macht, Captain? Was meinen Sie damit?«

»Eine höhere Macht, Gott, eine weitere Realität hinter dieser, wie man es eben nennen möchte. Mehr, als sich mit den Methoden der Wissenschaft erklären lässt.« Er nickte zu dem Anhänger um Watanabes Hals.

»Nicht wirklich, Captain. Das hier ist nur etwas, was ich von meiner Großmutter geerbt habe. Eine Sentimentalität, nichts weiter.«

Morgan nickte. Natürlich, wie er es sich gedacht hatte. Niemand, der zu rationalem Denken fähig war, glaubte heutzutage noch an so etwas.

»Gut, Watanabe, Sie können gehen.«

Der Erste Offizier salutierte und ging mit zackigen Schritten davon.

Morgan wandte sich wieder dem Ausblick zu. Ungebeten kam ihm das Gesicht des Dorfvorstehers in den Sinn. Ein junges Gesicht, der Mann konnte nicht älter gewesen sein als er selbst, wenn dies auch bei den wettergegerbten Zügen schwer zu sagen gewesen war. Er hatte ihn für einen Gott gehalten, genau wie er den Rest der Mannschaft der Explorer für Götter gehalten hatte, natürlich hatte er das, das taten sie immer. Wie lächerlich. Einen Gott.

Die Sternstraße vor ihm veränderte sich.

Morgan kniff die Augen zusammen. Aber nein, alles war wie immer. Für einen Moment hatte er gedacht ...

Da! Die Sterne bewegten sich. Sie formten eine immer dichter werdende Spur, der die Explorer folgte. Morgan rieb sich die Augen, aber als er sie wieder aufschlug, war die Straße noch immer vor ihm, strahlend und hell, wie ein Sonnenaufgang. Er musste Halluzinationen haben, das war es. Vielleicht hätte er doch nicht von den primitiven Speisen probieren sollen, die die Einheimischen ihnen angeboten hatten, aber das Analysegerät hatte keinerlei Verunreinigungen oder Inkompatibilitäten angezeigt, also wer hätte schon wissen können ...

Das Schiff schwankte. Zuerst glaubte Morgan, dass er sich auch das einbildete, eine kinästhetisch-halluzinogene Störung, hervorgerufen vielleicht durch irgendeinen Pilz im Maismehl, der dem Analysegerät aus welchem Grund auch immer entgangen war ... Es tat einen Schlag, als ob ein

Asteroid durch die Schilde gebrochen wäre und den Rumpf der Explorer getroffen hätte, und das Schiff schwankte erneut, deutlich diesmal, ein Gefühl wie bei einem Erdbeben, das einem ohne Vorwarnung den Boden unter den Füßen wegriss. Morgan musste sich am Rand der Brücke halten, um nicht zu fallen, irgendjemand schrie, und er erwachte aus seiner Starre.

»Analyse!«, rief er. »Hat irgendetwas die Schilde durchbrochen? Ich möchte einen genauen Bericht für den Grund der Störung. Azimi, weichen Sie vom Kurs ab, ich möchte diesen Quadranten so schnell wie möglich hinter mir lassen.«

»Was soll ich als Zielkoordinaten eingeben?«, fragte Azimi.

»Das ist mir egal!«, schrie Morgan. »Geben Sie irgendeinen sicheren Sektor ein, alles, nur weg von hier!«

»Captain, die Instrumente spielen verrückt!«, rief Watanabe. »Irgendetwas scheint die Messung durcheinanderzubringen ...«

Und dann fielen sie. Die Sternstraße vor ihnen gab nach, und wie hundert Kometen fielen die Sterne in einem Wasserfall, der sein Licht durch die Schwärze der Galaxis zog, und die Explorer mit ihnen.

Völlig unpassend kam Morgan ein Zitat aus der Literatur der Alten Welt in den Sinn, die er in seiner Jugend aus Neugier studiert hatte, während er in das Licht der Sterne um sich starrte und in die Dunkelheit, die sich dahinter auftat.

Wir ließen Gott fallen, dachte er, *und so stürzen wir denn auf ihn zu.*

Jules B. Asches wurde in die 80er hineingeboren und studierte Kommunikationsdesign. Nach einem kurzen Intermezzo als Game-Designerin arbeitet sie heute als Medienredakteurin für einen Fachverlag und lebt mit Kind und Mann in einem kleinen Haus auf einem großen Berg. Die Magie des Schreibens, mit Worten Verbindungen zu knüpfen, Erfahrungen, Visionen und Emotionen zu teilen und die unterschiedlichsten Facetten menschlicher Existenz zu ergründen, lässt sie immer wieder den Stift aufnehmen.

Dabei schlich sich in den letzten Jahren neben der Liebe fürs Phantastische, Lovecraft'sche und Dramatische mit der Arbeit an anatomischen Lehrwerken auch ein Hang zu mildem Body-Horror in ihre Geschichten. Schließlich kann es nur hilfreich sein zu wissen, wo das Herz liegt, das man bewegen will.

Chris Balz stammt aus dem letzten Jahrtausend und lebt mit zwei Feuersalamandern, ca. 15 Zimmerpflanzen und um die 2000 Büchern in der fünftgrößten Stadt Deutschlands. Lesen und Schreiben gehören seit Kindertagen zu Chris' Leben, das Veröffentlichen allerdings bisher nicht. Im realen Leben arbeitet Chris in einer Buchhandlung.

Jassi Etter (geb. 1987), lebt am Bodensee, schreibt Gedichte und Kurzgeschichten zu queer-feministischen und politischen Themen, aber auch Phantastik mit viel Diversität.

Jassi ist der Meinung, dass Sprache die Realität formt, und versucht, die eigenen Texte genderneutral zu schreiben, möglichst ohne dass es den Lesenden auffällt. Außer wenn Jassi gerade mit Neopronomen experimentiert.

Neben dem Schreiben spielt Jassi Pen-&-Paper-Rollenspiele und verbringt die freie Zeit zwischen Buchseiten oder in der Natur.

ALEX M. GASTEL schreibt seit 2014 beruflich für Grundschulkinder und fühlt sich nun mit Mitte 30 langsam alt genug, auch für Erwachsene zu erzählen. Dey studierte Linguistik, wohnt in Berlin, ist queer bis in die Kapillaren und gibt Workshops zu Empowerndem Schreiben, Allyship und anderen queeren Themen. Dey erklimmt gerne Berggipfel, Brettspielsiegpunktrekorde und die Syntax neuer Sprachen.

BJÖRN HELBIG, 1975 geboren und groß geworden an der Nordsee. Zum Studieren zog er nach Berlin und da wohnt er noch. Tags geht er einem normalen Beruf nach (irgendwas mit Menschen), aber nachts – nachts, da schreibt er heimlich unheimliche Geschichten. Seine Nachbarn bezeichnen ihn als freundlichen, zurückhaltenden Menschen.

NICOLE HOBUSCH, Jahrgang 1984, lebt im Bergischen Land. Sie macht beruflich »was mit Medien« und schreibt nüchterne Texte. Viel lieber aber erschafft sie Welten auf Papier, in denen sich das Blatt ein ums andere Mal wendet. Ihre Kurzgeschichten sind in verschiedenen Anthologien und Magazinen erschienen.

DENNIS HÜBEL wurde im Rheinland geboren und lebt auch dort. Nach ersten literarischen Versuchen für die Abiturzeitschrift, studierte er Literaturwissenschaften und Archäologie in Tübingen und Bonn. 2007 gewann er mit einer Reportage über eine Reise durch Bosnien-Herzegowina einen Literaturpreis des Ernst Bloch-Zentrums Ludwigshafen. Seitdem arbeitet er als Online-Redakteur, schreibt Kurzgeschichten und – wenn ihn die Muse küsst – auch Lyrik. Sein Debüt, der Gesellschaftsroman »Hinab die Plejaden«, erschien kürzlich im Verlag NeuWerk.

ANKE LAUFER, Ethnologie-/Politikstudium und Promotion in Freiburg i. Brsg., heute freie Autorin und Dozentin, lebt bei Tübingen. Ihre literarische Arbeit wurde mehrfach ausgezeichnet, zuletzt mit dem Daniil Pashkoff Prize for Creative Writing by a Non-Native Speaker in English (Erster Preis Prosa, 2022) und einem Aufenthaltsstipendium für das Heinrich Böll Cottage auf Achill Island, Irland. Aktuelles auf: www.ankelaufer.com

T. B. PERSSON, Jahrgang 1986, arbeitet als freier Lektor und Redakteur in Köln. Er schreibt phantastische Geschichten, vor allem im Bereich SF, Weird Fiction und Slipstream-Fiction. 2023 Veröffentlichung der Kurzgeschichtensammlung »Die Mühen der Magie«, weitere Veröffentlichungen u. a. in Queer*Welten, neolith und der Textmanufaktur-Jahresanthologie.
Instagram: t_b_persson

JULI REGEN, geboren und aufgewachsen in Sachsen-Anhalt, absolvierte ihr Studium der Germanistik und Kulturwissenschaft an der Universität Bremen, um sich direkt im Anschluss auf den Weg in die Hauptstadt zu machen, wo sie ein paar Jahre lebte und arbeitete. Der Norden ließ sie jedoch nicht los, sodass es sie schon bald nach Hamburg zog, wo sie heute als Referentin im öffentlichen

Sektor tätig ist. Mit ihrer Familie lebt sie heute zwischen Hamburg und Bremen.

LENA RICHTER ist Autorin, Lektorin und Übersetzerin mit Schwerpunkt Phantastik. Ihre Science-Fiction-Novelle »Dies ist mein letztes Lied« erschien im Februar 2023 beim Verlag ohneohren. Außerdem veröffentlicht sie Kurzgeschichten, Essays und Artikel. Lena ist eine der Herausgeber*innen des Phantastik-Zines Queer*Welten und spricht gemeinsam mit Judith Vogt einmal im Monat im Genderswapped-Podcast über Rollenspiel und Medien aus queer-feministischer Perspektive. Sie lebt in Hamburg.
Website: lenarichter.com
Mastodon: catrinity@literatur.social
Bluesky: @catrinity.bsky.social

DANIEL SCHLEGEL, Jahrgang 1989, arbeitete nach einem abgebrochenen VWL-Studium und einem abgeschlossenen Germanistik-Studium für kurze Zeit als Literaturagent und Programmplaner in Berlin. Danach zog es ihn zurück nach Magdeburg, wo er derzeit als Assistent der Geschäftsführung tätig ist. Die ersten eigenen Geschichten schrieb er bereits in seiner Kindheit. Allerdings hat er erst viele Jahre später damit begonnen, sie auch zu veröffentlichen.

MICHAEL SCHWENDINGER, 1980 in Kempten geboren, begeisterte sich schon immer für Märchen und Mythen. Folgerichtig studierte er Volkskunde, beschäftigte sich mit der Kulturgeschichte von Einhörnern, Nachzehrern sowie Fliegenpilzen und schloss mit einer Arbeit über die Geschichte von Hexenkräutern ab. Der Weg zum Fantasy-

Autor blieb kein vager Trampelpfad, sondern erwies sich als Straße mit knöcheltiefen Spurrillen. Michael verfasst Romane und Kurzgeschichten in verschiedenen Genres, von denen einige in Anthologien erschienen sind. Neben dem Schreiben widmet er sich der »fantastischen« Garten- und Aquariengestaltung. Er lebt mit seiner Frau in Augsburg.

BJELA SCHWENK, 1984 geboren, studierte Germanistik, Geschichte und Kreatives Schreiben in Tübingen und Hong Kong. Nach Abschluss ihres zweiten Staatsexamens arbeitete sie zwei Jahre in Hanoi, Vietnam als ZfA-Deutschlehrerin und Theaterpädagogin.

Ihrer Faszination für fremde Kulturen frönt sie bei ihren zahlreichen Reisen durch bis jetzt 35 Länder. Ihre letzte große Reise führte sie mit der Transsibirischen quer durch Russland und dann weiter nach Asien, wo sie jedes nur erdenkliche Transportmittel in Anspruch nahm: von mongolischen Przewalski-Pferden bis hin zu vietnamesischen Bussen, in denen sie ihren Sitzplatz mit Reissäcken, Hühnern und einem Kinderwagen teilen musste.

Momentan lebt, schreibt und arbeitet sie in Budapest, Ungarn als freischaffende Lektorin.

T. N. WEISS (* im letzten Jahrtausend) ist Literarhistoriker und Hobbyschriftsteller. Zu seinen fachlichen Schwerpunkten gehören die Legendenliteratur des Hochmittelalters und mittellateinische Literaturtheorie. Seine Leidenschaft fürs Mittelalter schlägt sich auch in seinem Schreiben nieder, das sich auf die Genres Dark und High Fantasy fokussiert, mit gelegentlichen Abstechern in Horror, Steampunk oder Science-Fantasy.
Instagram: tn_weiss

INHALTSHINWEISE

SCHILFGANG: körperliche Gewalt

TOXIC BUDDY: körperliche Gewalt, Machtmissbrauch

NOTATE: Diskriminierungserfahrungen

DIE FENGGIN: –

MANTELSAUM UND WELTENTRAUM: Tod

DAS MUSTER: Tod, Verlust eines Kindes

HUNGER-ATEM-LOS!: Lebendig-Begrabensein, Tod, Tod eines Haustiers, Pandemie

ÜBER BORD: –

VOM ANFANG ZUM ENDE: Blut, Verletzungen, Tod, Feuer, Machtmissbrauch

DIE SANDBURG: Tod

DIE ENYO-EXPEDITION: –

PARADIES: –

SARA DIESMAL: Tod

COUNTDOWN: Tod eines Haustiers, Paranoia, Frühgeburt, postpartale Depression

STERNENFALL: Tod, Kolonialismus